Dick Silva
NO MUNDO INTERMEDIÁRIO

Ilustrações **Márcio Koprowski**

pulo do gato

*And the quiet cat
sitting by the post
perceives the moon.*

Jack Kerouac

*E o gato quieto
junto ao poste
espreita a Lua.*

Jack Kerouac

Capítulo 1

Ele estava dormindo na Sala de Interrogatórios. Tinha quinze anos, corpo franzino. Era alto para a idade. A cabeça deitada em cima dos braços cruzados sobre a ampla mesa de madeira escura. Um fio de baba escorria pelo canto da boca. Vestia jeans e camiseta branca. Tênis esportivos sem meias.

A sala tinha três metros de largura por cinco de comprimento, as paredes pintadas de branco. Como mobília, apenas mesa e duas cadeiras. O piso era de linóleo cinzento. Na ponta oposta, a porta. Metálica, sem maçaneta e pontilhada por rebites enérgicos. Em uma das paredes laterais havia a janela com vidro espelhado. Do teto pendia a lâmpada presa por fiação em estado duvidoso. Seu brilho vibrava, tornava o ambiente cru e hostil.

Nenhum ruído penetrava ali, como se o mundo exterior não existisse ou simplesmente não fosse capaz de ferir o zumbido irritante do silêncio. Nada indicava a passagem do tempo nem a presença de outro ser humano. Havia cheiro de suor ressequido na Sala de Interrogatórios. A temperatura elevada beirava o incômodo.

Ele abriu os olhos a custo, pálpebras pesadas. Não sonolentas, como se podia supor para quem conseguira dormir sentado com parte do corpo jogado sobre o tampo da mesa. O ato de abrir os olhos veio acompanhado de dor, de penitência. Foi carga descabida ao menino.

Viu a superfície lisa, escura, tateou-a com a ponta dos dedos. Aí puxou o ar pelo nariz afilado. Encheu os pulmões, sem pressa. Sentiu o ar espalhar-se por seu organismo, passou a língua pela baba em ato automático. Inspirou de novo, desta vez com mais força. O oxigênio começou a dar-lhe foco, precisão. Sinapses ainda imprecisas foram construindo a pergunta: "Que lugar é este?".

Fechou e abriu as mãos bombeando sangue para vasos e artérias. Sem resposta à pergunta, formulou outra: "O que eu tô fazendo aqui?". Então, sentiu o coração bater, impulsionado por carga moderada de adrenalina. Inspirou fundo o ar viciado da sala, começou a erguer a cabeça. A contrariedade formou um V pronunciado entre suas sobrancelhas e tal angulosidade combinou com o V naturalmente desenhado pelo queixo prógnato.

— Epa... — pronunciou, com sua voz grave, ainda engrolada pelo desconforto.

"Epa" era o jeito como se posicionava diante de situações inesperadas ou esquisitas. Ali, seu "Epa" se adequava às duas circunstâncias.

Levantou a cabeça. Sentiu um líquido morno escorrer por dentro do seu crânio. Provocou-lhe náusea. Fechou os olhos na tentativa de fazer a sala parar de balançar. Estaria em um barco? Durante uma tempestade? "Impossível" — foi logo descartando a possibilidade. "Eu nem conheço o mar...", pensou.

Tornou a abrir os olhos. Combinou o ato com outra inspiração forte de ar, as mãos espalmadas sobre a mesa fria. Sentia a cabeça doer na iminência da enxaqueca. O rosto também ardia. Contudo, já era correto supor duas coisas. Primeira: estava de fato acordando, logo teria plena consciência da situação. Segunda: não sabia como nem por que havia parado ali.

E onde era "ali"? Ou o que era "ali"?

Sacudiu a cabeça de leve. A visão acostumou-se ao ambiente, à luminosidade, aos objetos por ela destacados com certa fúria. Inspecionou cada centímetro da Sala de Interrogatórios. E Ele ainda não sabia que se tratava de uma Sala de Interrogatórios. Tinha algo muito errado. Mas ele não conseguiu identificar de imediato. No íntimo, teve a certeza de que era óbvio ao extremo, como saber o próprio nome ou acertar o resultado da soma dois mais dois. No entanto, nada lhe ocorria, mesmo repetindo o reconhecimento visual. Fixou-se na porta maciça e ela pareceu-lhe própria de cofres. E a falta da maçaneta o deixou bastante intrigado. "Será que eu tô trancado aqui dentro? Num cofre?"

— Epa...

Nesse momento, ouviu ruídos metálicos vindo justamente daquela porta. Chaves, fechadura, o **cléc** final. A estrutura foi aberta sem reclamação por parte das dobradiças. O coração do menino voltou a se alterar, mais por expectativa, menos por medo.

Viu o homem entrar. Alto, corpulento, sessenta e poucos anos. Vestia terno cinzento e gravata preta. Camisa branca. O chapéu, também cinzento. Sapatos pretos, empoeirados. Com o cotovelo, bateu a porta espessa. Ela se fechou com outro **cléc**, mais sonoro. Trazia nas mãos uma xícara e uma caixa de papelão. O homem sorriu para o menino. Meio sorriso, na verdade. Bigode volumoso. Cinzento. Como os olhos. Como a pele.

Foi quando o menino se deu conta do óbvio: tudo estava em preto e branco.

Preto, branco e incontáveis tons de cinza. Não havia cores! Estendeu os braços, examinou-se. Dedos, mãos e antebraços, tudo com suaves variações de cinza.

O homem largou sua refeição sobre a mesa, arrastou a outra cadeira e se sentou com certo cansaço. Desabotoou o paletó e, do bolso interno, retirou caderneta e caneta. Suspirou de forma cansada. Coçou a bochecha com a unha do polegar. Deslizou a caneta por entre os dedos em malabarismo contido. Tênues fiapos de fumaça do café preto se elevaram. Experimentou, produzindo leve barulho de sucção. O cheiro forte do café espalhou-se pela sala. Devolveu a xícara, tirou o chapéu. Deixou-o de lado. Os cabelos eram fartos, escuros e mesclados com boa quantidade de fios grisalhos. Todos ordenados em direção à nuca por ação da brilhantina.

O menino não respirava, não se movia. "Quem é esse cara? E por que tá tudo preto e branco?"

Com a ponta do indicador, o homem ergueu a capa de couro da caderneta escura e espiou suas anotações.

— Roneldick Samuel da Silva? — sua voz era suave, agradável. Pronunciava de maneira a deixar no ar, bem claras, todas as sílabas.

O menino confirmou com movimento curto da cabeça. Tratou de se esforçar a fim de segurar as questões mais urgentes, mais preocupantes. Optou pela cautela. O homem não lhe transmitiu simpatia nem demonstrou disposição para interagir de forma amistosa.

Viu-o enfiar a mão peluda e sardenta no interior da caixa de papelão. Trouxe de lá uma rosquinha escura polvilhada de açúcar de confeiteiro. Mordeu com vontade, os dentes sólidos e parelhos.

Quase metade da rosquinha desapareceu e passou a ser triturada no interior dos maxilares rígidos.

— Quinze anos? É essa sua idade?

Roneldick desenhou um sim com novo gesto de cabeça, esse ainda mais curto.

— Eu sou o tenente Herbert O'Connor Duran y Toledo, do Departamento de Capturas.

— Capturas...? — "Eu fui preso?", pensou alarmado. "Mas o que será que aconteceu?" E, em novo sobressalto, se deu conta: não lembrava os acontecimentos anteriores ao momento de seu despertar.

A xícara foi aos lábios do homem. Depois a rosquinha. A ponta do indicador tornou a levantar a capa da caderneta. Dedicou alguns momentos à leitura de estreitas garatujas pretas posicionadas na vertical, sem nenhum tipo de inclinação.

— Imagino que você tenha uma porção de perguntas, meu jovem — disse, afinal. — Estou correto?

— Ah, sim, senhor, tenho montes de perguntas — comentou e quase não reconheceu a própria voz. A apreensão a tornara fina, vacilante.

— Você lembra o que está escrito do lado de fora daquela porta ali? — apontou com o polegar por cima do ombro.

— Não, senhor.

— Há uma placa onde se lê "Sala de Interrogatórios".

Roneldick não sabia como se comportar, muito menos o que pensar. "Ele tá bravo?" Não conseguia decifrá-lo. Achava já ter visto pessoas com voz de gente boazinha de repente se transformar em verdadeiros demônios. Seria esse o caso? "Ei, espera, quem eu já vi fazer isso? Onde? Quando?" Para piorar o dia, percebeu como a dor de cabeça se espalhava, inclusive por trás dos olhos e na ponta das orelhas.

— Lembra, meu jovem?

— Não, senhor.

O tenente suspirou. Gole de café. Mordida na rosquinha. Farelos despencaram sobre a mesa de madeira. Olhou nos olhos do menino a sua frente. Olhar duro, gelado. Estava acostumado com aquele pequeno drama. Na maioria das vezes, deparava com as mesmas expressões de susto, as mesmas indagações e angústias. Imaginou se algum dia receberia a aposentadoria.

— Tudo bem, preste atenção. Com o tempo você vai se lembrar de tudo. Às vezes demora. Às vezes é rápido — levou a xícara à boca. Soltou um "Ah" de satisfação. — Mas você vai se lembrar, não se apresse.

O som estridente de campainha cortou o ar, fez o menino estremecer. Em seguida, a porta-cofre foi aberta. A mulher chegou depois do cheiro de perfume adocicado. Era alta, magra, saltos, meias de náilon escuras, saia nos joelhos, a cintura fina marcada por cinto de vinil. Trajava camisa branca com os botões superiores fora de suas casas. Suas curvas eram exageradas, assim como o cabelo platinado, curto e cheio de ondulações. Trazia nos braços uma pilha de pastas e papéis avulsos.

— Olá, tenente! — saudou, com voz esganiçada.

Avançou com passinhos curtos, enérgicos, o **tac-tac-tac** repercutindo pelo linóleo cinzento.

— Olá, doçura — ela sorriu e piscou para Roneldick. Para complementar sua *grand entrée*, apoiou o lápis nos lábios.

— Ele não é para seu bico, boneca — suspirou o tenente Duran y Toledo. — Vamos, diga logo o que é tão urgente.

A moça de vinte e poucos anos ignorou o pedido, esticou a mão fina de unhas muito compridas e bem cuidadas. Esmalte escuro. O menino correspondeu ao cumprimento. As cores, ou a falta das cores, ainda o intrigavam. "Será aquela doença? Como é mesmo o nome?"

— Prazer, sou Rosaura McCartney.

— Ah, oi — foi tudo o que conseguiu pronunciar.

— Você é...?

Ele disse seu nome. O homem de bigode deu uma palmada sonora no tampo de madeira.

— Não tenho todo o tempo do mundo, srta. McCartney.

— Não? — ela pareceu indignada. Jogou com estrondo a pilha junto da caixa de rosquinhas.

O tenente balançou a cabeça.

— Com mil diabos! Mais papelada...

— Lembre-se, tenente: nunca atire no carteiro.

— Maldita maldição... — ele resmungou e apanhou a folha no topo da pilha.

Rosaura McCartney aproveitou e se sentou na beira da mesa, cruzou as pernas, fazendo malabarismos com o lápis entre os dedos. Ela tinha mais controle do que velocidade. Em uma das pontas, o grafite afiado, na outra a borracha no formato de colmeia.

— Chegou há pouco, doçura?

— Ahnnn... Na verdade, eu não sei — Roneldick respondeu. Numa situação normal ele até a acharia bonita e atraente, pensaria "Muita areia para o meu caminhãozinho". Porém, diante do cenário incompreensível, chegava a considerá-la assustadora.

— Hum, recém-chegado e sem algemas... — a moça seguiu exibindo sua habilidade como encantadora de lápis.

— Algemas?

A menção ao artefato colocou o menino outra vez em alerta.

— Oh, não se preocupe, doçura. O tenente é um homem experiente, sabe reconhecer os encrenqueiros. Sabia que eu adoro homens de queixo pontudo?

— Ahn? — "Ela disse encrenqueiros?"

— Você é bonzinho, Dick. Importa-se se eu o chamar assim? É mais fácil. Roneldick é tão... formal. Bem, é só olhar você para saber que é bonzinho. Tão assustado, coitadinho. Já vai passar, doçura. Não se preocupe.

O menino engoliu a saliva. Desceu torta, arranhando. A dor na cabeça começou a latejar, **tum-tum-tum**.

— Diga-me, Dick, o tenente Duran y Toledo não ofereceu nada a você?

— Como assim?

Ela apontou com os olhos.

— Ele está se banqueteando com rosquinhas e café. Nunca vi ninguém gostar tanto disso, certo, tenente?

O homem passou a unha do polegar pela metade direita do bigode.
— Sério, boneca? — ele ainda estava surpreso. — Trouxe essa pilha de processos todinha só para mim?

Rosaura encolheu os ombros, fazendo as ombreiras se movimentar de modo cômico por baixo da camisa.

— Ordens do capitão — acrescentou ela.

— Maldita maldição... — rosnou e guardou caneta e caderneta. Voltou a se concentrar nas páginas a sua frente.

Ela sorriu, deu um leve chute no joelho do menino e retomou sua atenção.

— E então, Dick? Quer uma xícara de café? Água? Ou, quem sabe, uma rosquinha gordurenta e coberta de açúcar de confeiteiro igual à do tenente?

— Não, eu...

Não prosseguiu. Porque na frase teria de constar inúmeros questionamentos e sequer saberia escolher qual era o mais urgente. Talvez a questão do daltonismo. Embora descobrir onde estava também fosse importante. Quem eram aquelas pessoas não deixava de ser igualmente indispensável. Por outro lado, a pergunta fundamental era: "Estou acordado?".

— Oh, não se preocupe, doçura. Conheço pessoas que levam duas penumbras até se ambientar. Às vezes até mesmo três penumbras. Consegue acreditar?

Roneldick Samuel da Silva não teve plena certeza. "Ela disse 'penumbra'? Ouvi direito? Penumbra? Como assim?" O V de rugas ficou congelado.

— Mas logo, logo tudo vai estar no lugar, Dick — ela prometeu. — Palavra de escoteira — fez biquinho com os lábios e lhe deu uma piscadinha maliciosa.

O homem pigarreou.

— Muito bem, boneca, já chega — interrompeu-a. — Agora por que não banca a boazinha comigo e dá o fora? — sublinhou a solicitação com o polegar sobre o ombro, indicando a porta.

— Nossa, tenente! É por isso que a cada dia me apaixono ainda mais pelo senhor.

— Você não tem a menor chance comigo, boneca — ele rosnou.

— Também amo você, tenente.

— Certo, agora suma, está bem?

Rosaura se ergueu, passou as mãos pela saia. Inclinou-se sobre o menino e cochichou:

— Qual garota em sã consciência não ficaria caidinha por um doce de pessoa como ele? Boa sorte, Dick — deu-lhe dois tapinhas amigáveis no ombro ossudo antes de se retirar, os passos curtos, enérgicos.

A mulher saiu. Seu perfume doce permaneceu no recinto. O homem pescou o processo que estava no topo da pilha. Folheou as primeiras das quase cem folhas e jogou-o sobre a mesa. Sacudiu a cabeça em desalento. Gostaria de pensar em outras coisas. Folga, bolo de chocolate com cobertura de morango, música, algo assim.

— Senhor...? — a voz de Roneldick saiu miúda.

— Pode me chamar de tenente, meu jovem. Todos por aqui me chamam de tenente — passou a unha do polegar sobre o a porção direita do bigode. Depois mediu a altura da pilha de serviço: dois palmos. — E, aparentemente, ninguém se importa com isso. Adoram me passar a parte burocrática. Diabos, vai ser uma noite longa.

— Tenente...?

Apanhou outra rosquinha, mordeu com vontade. Chupou outro gole do café, já não tão quente quanto gostaria.

— Quer me falar sobre sua dor de cabeça? É isso?

"Epa, como ele pode saber? Será que estou com cara de dor de cabeça?"

— Não, não. Não é isso, senhor.

O tenente ficou com a xícara suspensa. Ergueu as sobrancelhas fazendo desaparecer as rugas em torno dos olhos. Era seu jeito de demonstrar que estava aguardando.

— Eu... ahn... na verdade...

— Eu sei, eu sei — resumiu ele. — Você tem um monte de perguntas.

— É, é isso mesmo.

Bebeu, repousou a xícara, deu outra mordida na rosquinha. Novos farelos pontuaram a mesa. Mastigou sem pressa. Lambeu os dedos. Suspirou.

— Você ainda não entendeu, certo, garoto?

Roneldick assentiu em silêncio.

— Muito bem. Acontece. Você não é obrigado a compreender todo este cenário logo de cara.

O menino ajeitou-se na cadeira. Por alguma razão, começou a temer. E a tremer. Mãos e joelhos, em suave e angustiante tiritar. Sua intuição lhe sussurrou para se preparar.

— Vou ser direto, garoto. Talvez não seja a melhor maneira, mas, veja, olhe essa pilha de documentos, relatórios, reclamações, solicitações, pedidos de transferência, processos... Estou atolado na papelada.

— Tudo bem...

Suspirou e falou com sua voz precisa:

— Você morreu, garoto.

Capítulo 2

Seguiu-se um período medonho de silêncio.

Roneldick Samuel da Silva, quinze anos, passado ainda obscuro, ficou apalermado. Movia apenas os olhos. Do homem de bigode a sua frente até a pilha de processos ao lado dele, depois investigava a porta lá atrás, o vidro espelhado ali do lado, retornando ao portador da pior notícia já ouvida. Não saberia precisar quanto tempo ficou naquele surto de imobilidade. Cinco minutos, talvez menos, ou a própria eternidade, não poderia afirmar.

Seu sangue se tornara áspero e veloz. Veio a secura na boca e não mais percebeu o **tum-tum-tum** insistente no interior do crânio. Começou a transpirar em abundância, nas axilas, nas costas, nas mãos, na testa. Ainda assim, tremores gelados o dominavam.

O tenente analisava o conteúdo dos papéis sempre bebericando seu café, mordiscando suas rosquinhas. Não demonstrava estar nem um pouco preocupado com as reações do menino. "Maldita papelada", resmungava em pensamento.

Roneldick fixou-se na janela. Sim, podia ser aquilo. "Estão lá dentro me filmando", avaliou. "Deve ser algum tipo de... de...", não soube concluir. Era difícil pensar, raciocinar com clareza. Nada fazia o menor sentido por ali. Era tudo tão estranho. "Já sei! Deve ser brincadeira ou, então, um jogo!" Mas e as cores? Ou melhor, a falta delas? "Vai ver colocaram algum colírio em meus olhos e eu tô vendo tudo em preto e branco." A explicação era absurda, tinha consciência, mas se encaixava naquele cenário de absurdos do qual ele agora fazia parte.

Tomou coragem e passou a língua pelos lábios. Precisava falar para não enlouquecer.

— Senhor...? — tentou.

O homem soltou seu "Hmmm?" de má vontade. Mesmo assim, parou a leitura depois de preencher com rabiscos o campo em branco no final da folha à qual dedicava sua concentração. Reclinou-se contra o encosto da cadeira, cruzou os braços, contraiu a boca.

— Vá em frente, meu jovem. Fale.

O menino abriu a boca, pronunciou a pergunta, sua voz, porém, não ganhou vida.

— Respire. Não tenha pressa. Sei como são essas coisas.

Roneldick procurou seguir a orientação. Teve vontade de chorar, mas por razão incompreensível entendeu que não conseguiria derramar nenhuma lágrima. Insistiu e, dessa vez, as palavras vieram acompanhadas de som.

— Eu acho que... não ouvi direito... — optou por não ir direto à pergunta. Ela era terrível demais. Precisava ganhar tempo, mesmo pronunciando tal mentira. Mentira, sim, porque ouvira perfeitamente quando o tenente falou que estava morto. Precisava, de fato, era compreender o que aquilo significava.

— Sim, garoto, posso garantir. Você ouviu direito — falou, sem emoção. — Quer que eu repita? Tudo bem: você morreu. Neste exato momento, você está morto.

O estômago ardeu, trouxe de volta a tontura.

— Como assim eu... morri? — coração turbulento pela expectativa.

— Morreu, meu jovem. Simples assim. Não há nada a ser feito. Sinto muito.

E só.

Não forneceu detalhes. De acordo com as regras, não cabia a ele contar tim-tim por tim-tim. O recém-chegado deveria lembrar por si, sem auxílio de pormenores.

— Mas... senhor...

Na tentativa de quebrar a tensão na Sala de Interrogatórios, o tenente observou:

— Ora, vamos, garoto. Todo mundo morre.

— Mas...

— Você não ia querer viver para sempre, estou certo?

— É que...

— Claro, é meio chocante no começo. Eu entendo. Comigo mesmo foi assim.

O menino enxugou a palma das mãos no jeans.

— Quer dizer que o senhor...?

— Sim, garoto. Correto. Estou morto. Lembra-se da srta. McCartney, aquela belezura espevitada? Também está morta. Porque aqui, meu jovem, estamos todos mortos.

Aí a sala se fechou em negro. Roneldick penetrou em um mundo vazio, morno e sem memória. Ao abrir os olhos, percebeu-se com o lado da cabeça repousado sobre a mesa. Aos poucos, silhuetas foram ganhando forma e volume até serem codificadas como imagens. Era a pilha de processos do tenente Herbert O'Connor Duran y Toledo. E a pilha tinha agora metade do tamanho original. Endireitou o corpo tão rápido quanto conseguiu.

— Morri de novo? — foi sua preocupação imediata.

O homem sorriu.

— Não, meu jovem. Foi só um leve desmaio.

"E morto desmaia?", indagou-se. Apalpou seu corpo em busca de algo diferente. Não encontrou nada fora da ordem. Ou melhor, tudo seguia fora de ordem: o local esquisito, as pessoas desconhecidas e, pior de tudo, a duradoura conversa sobre morte. Completando o quadro, tudo continuava no inquietante preto e branco. Olhou suas mãos, passou-as no rosto, na testa com acne, enfiou os dedos pelo meio dos cabelos. "Claro", concluiu. "É tudo um sonho", animou-se. A explicação era mais que razoável. Além de ser óbvia. Pela primeira vez sorriu. Estava relaxado. Respirou fundo e observou a postura do tenente. Imitou-o: costas jogadas contra o encosto da cadeira, braços cruzados. Sim, agora eram iguais. Viu o homem do bigode inclinar o corpo para frente e mandar-lhe uma sonora bofetada.

— Ai! — reclamou e tratou de massagear a bochecha atingida.

O outro sorriu e retornou à postura inicial.

— E então, garoto?

— E então o quê? — berrou. — Isso doeu!

— Ainda está pensando que é tudo um sonho?

Roneldick permaneceu com a boca aberta, pronto a xingá-lo. "Epa, será que esse cara lê pensamentos?"

— Muita gente que acorda aqui fica pensando "Ah, é tudo um sonho".

Ou então: "Ah, estou de ressaca". Ou ainda: "Ah, foi aquela feijoada".

— E não é... nada disso...? — o menino resmungou.

— Com mil demônios, não! Garoto, aqui é a morte. Bem-vindo. Só isso.

— Ahn...

— E é para valer. Agora que já fiz boa parte de meu serviço, agora que acabou meu café e minha caixa de rosquinhas, acho apropriado termos uma conversinha séria.

— Mais séria, o senhor quer dizer.

O tenente Duran y Toledo riu, afagou o canto do bigode.

— O humor está voltando. Isso é muito bom. Realmente ótimo, meu jovem.

De novo soou a estridente campainha. O som cortou o ar e fez o menino estremecer de susto. O homem bateu com a mão espalmada sobre a mesa. "Maldita maldição", murmurou. A porta-cofre foi aberta. Rosaura McCartney entrou sorrindo. O batom escuro retocado. Trouxe consigo uma xícara de café, os fiapos de fumaça inclinando-se conforme ela avançava com seus passos curtos, enérgicos.

— Eu não sou um anjo, tenente? — e depositou a bebida à frente do homem.

— Um anjo caído na terra — foi seu jeito de agradecer. — Mas aposto dez contra meio como não foi apenas sua bondade nem sua imensa saudade que a trouxeram aqui.

— Oh, tenente, o senhor é tão romântico.

— Vamos, srta. McCartney, desembuche.

Ela sorriu de forma teatral para Roneldick, querendo deixar claro como estava acostumada a tal tipo de tratamento.

— O senhor é tão perspicaz, tenente. Uh, e vejo que é eficiente também — apontou a pilha reduzida com seu lápis.

— Espero que seja algo importante... — ele balançou negativamente a cabeça. Detestava ser interrompido.

— É o capitão. Ele quer falar com o senhor.

— Agora? Não está vendo que estou ocupado, boneca?— mostrou os processos e o menino.

Ela encolheu os ombros. Pediu para ele não atirar no carteiro. O tenente provou o café, fazendo ruído ao beber.

— Você tem sorte, srta. McCartney. Faz um café delicioso — falou e se ergueu. — É por esse motivo que nunca brigo com você.

— Oh, que amor. Agora dê o fora daqui, tenente. O capitão odeia esperar.

O homem resmungou, mas obedeceu. Saiu tomando sua bebida e fechou a porta, com estrondo.

Ela deu um rápido saltinho e se acomodou sobre a mesa, pernas cruzadas.

— Enfim sós — disse, os olhos divertidos.

Roneldick tentou retribuir a amabilidade, mas conseguiu produzir apenas um sorriso de cicatriz.

— Ok, doçura — ela falou. — Posso imaginar como você está cheio de perguntas. Sou toda ouvidos.

Ele respirou fundo, sentiu o ar, o mesmo ar viciado da sala, invadir-lhe. Como aquilo era possível?

— Não sei nem por onde começar... — forçou-se a dizer. E aí a primeira pergunta surgiu de modo natural ante a simpatia da srta. McCartney. — Você... quer dizer...

Ela o surpreendeu apoiando as mãos no tampo de madeira e erguendo o corpo. Ficou rígida naquele L e então se projetou, caindo sobre os saltos.

— Sim, doçura. Também estou morta. Mortinha da Silva, se me permite o trocadilho, Dick — contornou-o e se sentou na outra cadeira.

— Trocadilho?

— Não é esse seu sobrenome?

— Ah...

— Dick Silva — como ele não perdeu a expressão rígida, ela reclamou. — Ah, doçura, por favor, não banque o durão como o tenente. É só ele que não gosta de minhas piadinhas — fez um beicinho cômico.

Roneldick se esforçou para fazer uma expressão mais simpática. Desta vez, o sorriso não se pareceu tanto com a cicatriz anterior. Foi mais um esgar desajeitado.

— Assim é melhor — ela o elogiou e ficou girando os papéis a sua frente. — Vamos adiante, Dick. Estou aqui e quero ajudá-lo.

Sentiu súbita onda de frio percorrer-lhe os braços.

— Se estamos mortos, que lugar é este? O céu?

Rosaura McCartney gargalhou de jogar a cabeça para trás.

— Não! — foi enfática. — Claro que não, doçura! Estamos muito longe de lá... — riu. — E antes que pergunte, também não estamos no inferno, embora o tenente e toda essa papelada às vezes sejam bem infernais — voltou a rir de se sacudir toda.

Na opinião do menino, a descontração dela beirava o assustador. Como podia rir da situação? Da própria morte? Por sorte, ela era inteligente e percebia o desconforto alheio.

— Ok, Dick, me desculpe. Esse meu jeito extrovertido não é apropriado ao momento — disse, endireitando o corpo na cadeira.

— Tudo bem, não esquenta, mas...

— Nós estamos mortos em um local, digamos, intermediário. Alguns chamam de Purgatório, mas isso não é cem por cento correto — ela olhou em volta para sublinhar o que ia dizer. — Como pode ver, doçura, o lugar é bem diferente do que se costuma pensar.

Roneldick concordou e arriscou:

— Local... intermediário?

Ela voltou a brincar com os papéis.

— Tem gente que chama de Transição. Outros chamam de Local de Espera. E por aí vai, Dick. Colônia de Férias, Regime Semiaberto, Antessala, Gangorra, Pit Stop, Refúgio etc.

— Pra mim, parece mais uma Delegacia de Polícia — murmurou.

— Exato! — ela o aplaudiu de modo teatral. — É isso mesmo. É uma Delegacia de Polícia — enfatizou o verbo.

O menino abriu os braços, indignado.

— Epa! Além de morrer, eu também fui preso?

Rosaura McCartney gargalhou com mais vontade, lágrimas se formaram no canto dos olhos. Precisou de alguns segundos até controlar o riso.

— Ah, Dick, assim você me faz borrar todo o rímel — comentou, passando os dedos longos e finos pela borda dos olhos, conferindo eventuais danos. — Mas não se preocupe, você não está preso. Olhe seus pulsos. Sem algemas, vê?

De modo instintivo, ele os esfregou.

— Ahn... mas se vocês usam algemas...? — perguntou, sem concluir.

— Sim, usamos. Mas só em alguns casos, quando o falecido recém-chegado não se conforma muito com seu passamento. E isso não quer dizer que ele esteja preso — Rosaura escutou suas últimas palavras. Resolveu retomar: — Bem, para ser honesta com você, nós efetuamos algumas prisões, sim, e temos um conjunto de celas aqui no Distrito.

"Ai, meu Deus...", ele se lamuriou. Os eventos enigmáticos o prendiam mais e mais na incerteza. E ouvi-los falar que estavam todos mortos não contribuía em nada com o quadro em que se via inserido.

Começava a se angustiar a cada resposta recebida, pois ela vinha sempre carregada de novas indagações, como se tateasse um labirinto dentro de outro labirinto ainda maior. Não parecia haver saída.

— Mas você é bonzinho, Dick — ela comentou. — Daqui a pouco, o tenente retorna e vai explicar o funcionamento das coisas por aqui. E a cabeça? Doendo ainda? É normal, viu?

— Sim... dói... — "Como ela sabe?" Deixou a questão de lado. Outra pergunta de sua imensa lista pedia passagem. — Por que eu não consigo me lembrar de nada?

Ela começou a arrumar os papéis, erguendo-os, batendo-os contra a mesa.

— Vai lembrar, confie em mim, doçura. Sua memória vai voltar aos poucos.

— E o que acontece enquanto isso?

Rosaura falou, enquanto observava a pilha que deixara impecável, os quatro lados perfeitamente alinhados.

— Dick, querido, enquanto isso, você vai curtir, existe uma série de possibilidades, coisas interessantes para fazer e, bem, claro, tem também o tenente, ele por certo vai fazer muitas e muitas perguntas, afinal aqui é a Sala de Interrogatórios.

Embora a explanação de Rosaura tenha sido feita em tom animado e com o vigor das pessoas otimistas, Roneldick não se sentiu confortável.

— Mas que perguntas? — sentiu um gosto ainda mais amargo na boca, antevendo nova surpresa desagradável.

— Ah... bem... — ela procurou desconversar. — Esse é o trabalho do tenente e, se eu me meter no serviço dele... Bem... você viu como ele é malvado comigo — encolheu os ombros, fez biquinho com os lábios. Tentou demonstrar comicamente sua fragilidade.

Não funcionou. Roneldick persistiu no ataque.

— Como é que eu vou responder às perguntas, se não me lembro de nada?

Ela contraiu os lábios em sua maneira silenciosa de lamentar que não podia ajudá-lo. Ergueu-se e foi até o vidro espelhado.

Chegou bem perto, conferiu a maquiagem. Tinha especial preocupação com o rímel.

— Só sei meu nome e minha idade — ele seguia contrariado.

Rosaura levantou o indicador.

— Ei, ei, ei — falou. — Na verdade, você também sabe outra coisinha, Dick — encarou-o pelo espelho.

No princípio, soou como charada, mas no segundo seguinte o menino se deu conta e amoleceu na cadeira, quase a ponto de escorregar até o linóleo cinzento.

— Ah, sim... Tinha me esquecido, eu estou morto.

Sorridente, ela exibiu-lhe o polegar.

Roneldick levou as mãos à cabeça, fechou os olhos, tentou se lembrar de como fora parar ali e só visualizou manchas escuras flutuando sobre um fundo ainda mais escuro. Não estava no meio de um pesadelo nem no programa mais assustador da história da tevê. Estava morto, sem lembranças, detido no improvável Distrito Policial, com a maior dor de cabeça de sua vida (ou de sua morte) e conversava com uma mulher atraente, simpática e igualmente morta.

— E esse vidro aí? — quis saber.

— O que tem ele, doçura? — ela parou de se inspecionar e se escorou no marco da janela. Cruzou os braços.

O menino abriu os olhos. Continuava desanimado, jogado de qualquer jeito, a axila esquerda ancorando-o à guarda da cadeira.

— Tem alguém do outro lado?

— Sempre tem, Dick. Estamos no Distrito.

— Estão me observando?

Ela sorriu e piscou com malícia. Ia abrir a boca e responder, mas o som estridente da campainha cortou o ar em seu matraquear. Roneldick deu um pulo. Rosaura arrumou sua postura. A porta se abriu.

Capítulo 3

O tenente Herbert O'Connor Duran y Toledo manteve a porta aberta. Não foi preciso dizer nada. Seu olhar foi logo traduzido por Rosaura McCartney: "Agora dê o fora, boneca". Ela saiu de olhos baixos, sem fazer nenhum comentário engraçadinho. "Epa...", Roneldick segurou as bordas da cadeira com mais força.

— Muito bem, meu jovem, acho que agora não seremos mais interrompidos — tirou o chapéu e o colocou sobre a meia pilha simétrica. O ato provocou-lhe um meio sorriso. Começou a tirar o paletó. — A srta. McCartney é uma boa moça, mas tem o hábito de tagarelar demais.

O menino não ousou responder. Espreitava, tentando certificar-se de que não estava encrencado. Também temia dizer ou fazer algo capaz de deixá-lo de mau humor. E tal preocupação tinha elevada dose de absurdo. "Já morri", avaliou. "O que mais pode me acontecer? Morrer de novo?" Foi quando se lembrou do bofetão recebido no rosto. Sua memória recente funcionava com precisão, conseguia se lembrar da ardência e do barulho. Viu-o sob nova perspectiva sem o paletó. Sua corpulência ficava mais evidente por baixo da camisa clara. Ombros largos, barriga rígida e pronunciada. A gravata parecia mais fina no centro daquele tórax. "Ele está em boa forma para um morto", pensou.

— Vamos ver, vamos ver — ele pronunciou ao se sentar. Suspirou, puxou sua caderneta com capa de couro do bolso interno do paletó, desabotoou os punhos da camisa e as dobrou até metade dos antebraços. — Mais ambientado, garoto?

Não soube o que dizer, por isso restringiu sua resposta ao tímido encolher de ombros. Como poderia estar ambientado à morte? Outro dia mesmo estava caminhando cheio de vida, o sol batendo em seu rosto. "Epa!" Acabara de ter sua primeira recordação desde que chegara ao chamado Distrito. Rua de bairro tranquilo, casas boas (e coloridas!), temperatura amena, o sol enchendo-o de vitalidade. Mas... Tudo parava aí. Lembrava-se apenas de caminhar pela rua. Estaria acompanhado? Onde era o tal lugar? Quando?

— Está voltando, não é mesmo? — o tenente questionou.

— Oi?

— Sua memória. Essa sua cara de espanto foi por causa de um flash, estou certo?

Confirmou com a cabeça.

— Ótimo. É um bom sinal. Outros flashes virão.

— E esse... flash? É do tempo em que eu estava...?

Foi a vez do homem confirmar em silêncio: sim, era do tempo em que Roneldick Samuel da Silva, quinze anos, estava vivo, circulando pelo planeta Terra.

— Eu parecia... feliz... — de novo, teve vontade de chorar. Porém a ausência de lágrimas persistia. Era como se a morte houvesse cancelado todas as manifestações físicas de seus sentimentos. Na verdade, quase todas, já que temores e preocupações insistiam em rodeá-lo, em apertar-lhe o coração.

— Entendo. Também já fui feliz, meu jovem. Sei como é. Eu tinha casa, família, crianças, cachorros, amigos, vizinhos, você sabe, o pacote completo — por um breve momento, seu olhar se tornou baço, impreciso.

— E o que houve?

— Bem, eu morri, garoto — o momento passou. — Chegou minha hora. Foi só isso. Mas eu posso garantir uma coisa. É possível ser feliz por aqui.

— Aqui?

O tenente tamborilou a mesa com os dedos, **pe-re-lec**, **pe-re-lec**, **pe-re-lec**. Concentrou-se na tentativa de não ser desagradável.

— Claro, por que não? Diabos, temos tudo aqui, exceto, é claro, a pequena centelha.

— Vida.

Parou com a música executada pelos dedos. Coçou o canto do bigode com a unha do polegar. Soltou uma espécie de rosnado baixo: aquela era sua risada.

— Começo a simpatizar com você, garoto — confessou. — Você não é só um tolo recém-chegado. É esperto. Gosto disso.

Diante do elogio, ficou ainda mais confuso. Como reagir àquela situação? Primeiro ele o esbofeteava, agora demonstrava simpatia. Em qual das duas versões podia acreditar? O homem enfiou a mão por baixo da mesa à procura de algo. Roneldick supôs que se tratava de algum tipo de mecanismo.

— Tem uma campainha aqui embaixo, um botão, não é nada. — Seu braço sinalizou novas investidas contra o interruptor oculto. — Maldita maldição... Será que estão todos surdos?

"Epa, quem será que ele tá chamando?", foi a preocupação imediata do menino. A apreensão não combinava em nada com o fato de ter se transformado em cadáver. Um cadáver que pensava, sentia e falava. Que tipo de morte era aquela afinal?

Seus pensamentos foram interrompidos por um **clanc** muito alto e seco. A porta se abriu deixando passar um homem ainda maior que o tenente Duran y Toledo. Trajava terno cinza trespassado, o chapéu jogado com atrevimento para trás. Os sapatos eram enormes. A pele lisa e os traços orientais não davam pistas sobre sua idade. Algo entre 25 e 65 anos.

— O que há com você, afinal? — rosnou.

O oriental trazia uma pasta de papelão. Ela ficava minúscula na mão dele. No dedo mínimo da mão esquerda, ostentava um grande anel com pedra vítrea.

— Por que diabos demorou tanto? Eu preciso trabalhar.

— Todos precisamos — ele disse, com voz cortante e fria.

Ao encarar os olhos escuros do homem, Roneldick Silva sentiu um punhal de gelo perfurar suas costelas.

— As palavras cruzadas do jornal estão acabando com você, Lao Chi — o tenente provocou.

O outro atirou o material sobre a mesa. As pontas do que pareciam ser fotografias surgiram pela borda da pasta.

— Diga "olá" para Lao Chi, garoto.

— Oi... — obedeceu, com voz trêmula.

— Sargento Roy Lao Chi.

— Oi...

O tenente afirmou que ele era um dos melhores investigadores do Distrito.

— Vou lhe dar uma pista, Lao Chi. As respostas das palavras cruzadas estão na última página do jornal.

Da boca do sargento, brotou um sorriso de lábios, sem a participação dos dentes. A expressão dura mal se alterou diante do comentário jocoso.

— Ele não parece grande coisa — Lao Chi comentou, olhando Roneldick com genuíno desprezo.

— Diga "adeus" para Lao Chi, garoto.

Preferiu ficar quieto.

— Ei, sargento, que tal um pouco de trabalho de verdade e fazer valer o dinheiro dos contribuintes? Leve essa pilha daqui, sim?

Pelo modo como Lao Chi olhou o tenente Duran y Toledo, o menino pressentiu cena de sangue, socos, tiroteio.

— Seja bonzinho e coloque isso em minha mesa, Lao Chi. Ainda hoje, se isso não perturbar sua concentração. Não quero atrapalhar seu joguinho de palavras cruzadas.

— Que tal mais uma caixa de rosquinhas, tenente? — perguntou e deu leve piparote no chapéu do colega antes de apanhar a pilha de processos.

— Ah, quanta gentileza, Lao Chi. Eu adoraria mais rosquinhas e agradeceria por isso das profundezas de meu coração.

Lao Chi deu-lhe as costas e saiu. Novo **clanc**, este mais volumoso. O tenente sorriu, recolheu a pasta de papelão, deixou-a bem a sua frente.

— Acha que ele vai me trazer as rosquinhas?

Roneldick moveu a cabeça, da direita para a esquerda, e sublinhou a negativa contraindo os lábios. Como resposta, ouviu, pela primeira vez, a risada do homem de bigode. Tímida, é verdade, mas o suficiente para humanizá-lo um pouco. E a súbita imagem de outro sorriso brilhou na escuridão de sua mente. Lábios cheios, bem desenhados, com batom vermelho vivo, um dedo delicado recolhendo porção castanha no formato de anzol. O menino sentiu saudade da cena mesmo sem saber ao certo a que momento de sua vida pertencia. E nem mesmo podia ter certeza de que tal cena se referia a seu passado quando vivo. Era frustrante e isso começava a desgastar sua resistência. Quem era ela? Onde ela se encaixava no quebra-cabeça? Nenhum nome lhe ocorria, nem o restante do rosto. Apenas o tanto de cabelo, os lábios, a pele clara prometendo textura aveludada.

— Esse aqui é seu processo, meu bom jovem — bateu com o indicador sobre a pasta. — Vou lhe mostrar algumas fotos, está bem?

"Fotos?"

— Não se preocupe, é procedimento de rotina. Mas preciso de respostas.

"Respostas?"

— Isso vai ajudar você a se lembrar de tudo.

"Será?"

— São imagens do tempo em que você pensava ter todo o tempo do mundo — esclareceu.

Abriu a página frontal de papelão acinzentado. Apanhou a primeira foto. Tinha o tamanho de uma folha A4. Examinou-a, repousou-a sobre o tampo de madeira, girou-a de modo a deixá-la frontal ao interrogado. Arrastou-a para junto dele. A imagem em preto e branco mostrava uma casa de dois pisos de traços retangulares, modernistas. As venezianas tinham certo aspecto de decadência. Vegetação sem poda se projetava pelo muro baixo. Na calçada, o Voyage 1990 com a suspensão traseira elevada, pneus largos e película escuras nos vidros.

— E então, garoto?
— Eu... — lamentou não se lembrar. — Eu morava nesta casa?
— Você me diz — explicou de maneira não muito amistosa.

Roneldick seguiu procurando na fotografia de margens brancas. Talvez um detalhe ali fosse capaz de fornecer-lhe informações úteis. A palma de suas mãos começou a destilar suor, o V das sobrancelhas se formou. "Quem morava ali?"

— Olha... eu não sei...
— Não sabe ou não lembra?

Encarou o homem. Calculou que os olhos dele deveriam ser castanhos-claros. Naquele momento, eram apenas cinza esmaecido. No entanto, gelados.

— Vamos, garoto, não quero ficar outra penumbra em cima deste caso.
— Não sei — forçou-se a dizer. Começava a compreender os mecanismos que moviam o tenente. Melhor falar qualquer coisa a deixá-lo esperando. — Não sei mesmo — resolveu reforçar.
— Não sabe? E isto aqui? — jogou a próxima fotografia como uma carta de baralho.

Roneldick segurou-a no ar e de imediato livrou-se dela sem, contudo, desviar o olhar do homem morto cercado de sangue, caído junto a uma pia de cozinha.

— Uou...

— Conhece o defunto?

O menino chegou a afastar a cabeça com medo de ser agredido pela foto. Observou-a com o canto do olho. Ali estava um jovem de vinte e poucos anos, de bermuda e regata, deitado de barriga para baixo, o rosto de perfil contra os ladrilhos, o braço esquerdo debaixo do corpo, o direito jogado acima da cabeça. Pequenas perfurações eram perceptíveis no ombro.

— Está com problemas auditivos, garoto?

Negou com gesto rápido. Não. Seguia escutando bem. E não, não conhecia o defunto.

— Que tal este aqui?

Repetiu o golpe de carteado. Não tão preciso dessa vez. A fotografia acabou virada. Roneldick leu números e letras rabiscados no verso. Duas fileiras de um código incompreensível. Teve medo de virá-la. Não queria ver outro corpo coberto de sangue.

— É só um retrato, garoto. Não vai morder você.

O suor nas mãos deu-lhe a falsa impressão de não possuir aderência na ponta dos dedos. Mesmo assim, fez força e a virou com cautela.

— Uou...

A imagem era mais chocante, mais explícita. Outro jovem, esse moreno, de cabelo *black power*, estava sentado com as costas apoiadas na parede do que parecia ser o corredor da residência. A camiseta branca continha enorme mancha circular de sangue. Pernas afastadas, um tênis quase fora do pé. Os braços abertos, palmas para cima. Tinha a cabeça pendida contra o peito. Roneldick não saberia afirmar, mas parecia vítima de um ou vários tiros. Já havia visto filmes violentos e o cenário era semelhante. "Epa! Nova lembrança", mas preferiu não verbalizá-la, o homem estava impaciente.

— Estou esperando, garoto. Conhece a figura aí?

— Não! — sua voz saiu assustada.

— Nunca o viu?

— Não.

— Nunca conversou com ele?

— Não, já disse! — foi sua vez de se agastar. O tenente Duran y Toledo era mesmo imprevisível, ia do tapa à risada, do mau humor ao elogio. Como lidar com ele?

— E esses dois bonecos aqui?

Preferiu arrastar a nova fotografia pela mesa. Usou os dedos na vertical, moveu-a, sua mão ficou parecendo uma caranguejeira albina, cheia de pelos. Dois jovens musculosos jaziam de olhos abertos no tapete da sala. O mais encorpado tinha ferimento no pescoço enquanto o outro apresentava laceração considerável na altura do peito. Por sorte, a camiseta escura disfarçava o sangue e a profundidade do rombo ali aberto. Os dois olhavam de maneira sonolenta pontos distintos do teto. Não fosse o sangue, poderia se dizer que estavam bêbados, deitados de qualquer jeito após a noitada.

— Mas o que é isso, afinal? — o menino teve de perguntar.
— É a vida, meu jovem. É a vida. Preciso fazer a pergunta?
— Não, tenente, eu não conheço esses caras, nunca vi, não faço a menor ideia de quem sejam.

O homem suspirou com força. Era sua demonstração de cansaço e de impaciência.

— Sabe quantas pessoas eu já interroguei aqui no Distrito?

Roneldick secou as mãos no jeans, balançou a cabeça. Estava difícil respirar na sala. O pouco ar sorvido por suas narinas entrava seco, queimava.

— Eu vou lhe responder, garoto. Já interroguei centenas, talvez milhares de pessoas que não sabem de nada, não viram nada e juram inocência. Acha que eu não sei quando alguém está mentindo?

— Mas eu não estou mentindo...

— E eu sou o Papai Noel. O que acha disso? Acha que eu tenho cara de Papai Noel?

— Claro que não...

— Acha que eu seria otário o bastante para ter aquela barba ridícula e me vestir de vermelho? Logo de vermelho?

— Não... — sua voz aproximou-se do zero absoluto.

— Vou lhe dizer, garoto, eu já trabalhava aqui bem antes de sua mãe colocar fraldas em seu pequeno traseiro. Eu sei perfeitamente quando alguém está tentando bancar o espertinho comigo. Ou por acaso acha que eu estou aqui participando de uma encenação de segunda?

— Não... Quer dizer... Ahn... Não é isso.
— É o que, então?
— Eu não sei quem são essas pessoas. De verdade. Eu juro — implorou, e sua voz grave falhou outra vez, saiu arranhada.
— Não sabe ou não lembra?
— Não sei, não sei!

Coçou o bigode, investigando a reação alheia. Viu o menino baixar a cabeça, empurrar as fotografias para longe, esfregar as mãos na própria calça. Fez **tsk-tsk-tsk** com o canto da boca num estalo da língua nos dentes. Aí puxou a última foto, contemplou-a em silêncio.

— O melhor da festa vem agora.

E jogou-a direto no rosto do menino. A ponta do papel fotográfico chocou-se contra a testa. Ele apenas se contraiu sem alarde, baixou a cabeça e deu com a imagem bizarra: um homem só de calção, sentado no vaso sanitário, com três quartos da cabeça reduzidos a escombros. Os azulejos na parede atrás do corpo continham o dramático borrifo em leque. Roneldick fez cara de nojo e a afastou de seu campo de visão.

— Não vai me dizer que ficou enjoadinho — o homem provocou.

Não veio resposta.

— Quando você estava nessa casa, com a espingarda calibre doze nas mãos e a adrenalina fervendo nas veias, foi bom, não é mesmo?

Nada.

— Você entrou pela cozinha e **pow**! Derrubou o primeiro sujeito na cozinha.

Nada.

— Em seguida recarregou, invadiu o corredor e **pow**! Lá se foi a segunda vítima que tinha ido ver o que estava acontecendo.

Nada.

— Vamos, garoto, me corrija se eu estiver errado. Aí você recarregou, **cléc-cléc**, amando aquele som da corrediça, invadiu a sala da casa e **pow**! O sujeito já chegou ao chão morto varado por uma carga direta no peito. Então você recarregou a doze, **cléc-cléc**, mais um cartucho na câmara e **pow**! Dessa vez, quase errou, o cara deve ter tentado fugir, mas mesmo assim ele caiu com o pescoço furado e foi o penúltimo a morrer.

Nada.

— Então você, **cléc-cléc**, saiu à caça do último e o encontrou refugiado no banheiro, ele deve ter se trancado lá, mas você não teve dúvida — o tenente bateu a palma da mão na mesa. — **Pow!** Estourou a fechadura e entrou. O coitado deve ter implorado pela própria vida, mas você chegou bem perto, encostou o cano no pescoço do infeliz e — bateu forte na mesa — **pow!**

O suor escorria dos poros da testa com facilidade.

— Aí você ficou lá por algum tempo, admirando aquele homem sem cabeça, curtindo a chacina como um bom açougueiro faria, estou certo, garoto?

Foi nesse momento que Roneldick Samuel da Silva reagiu.

Capítulo 4

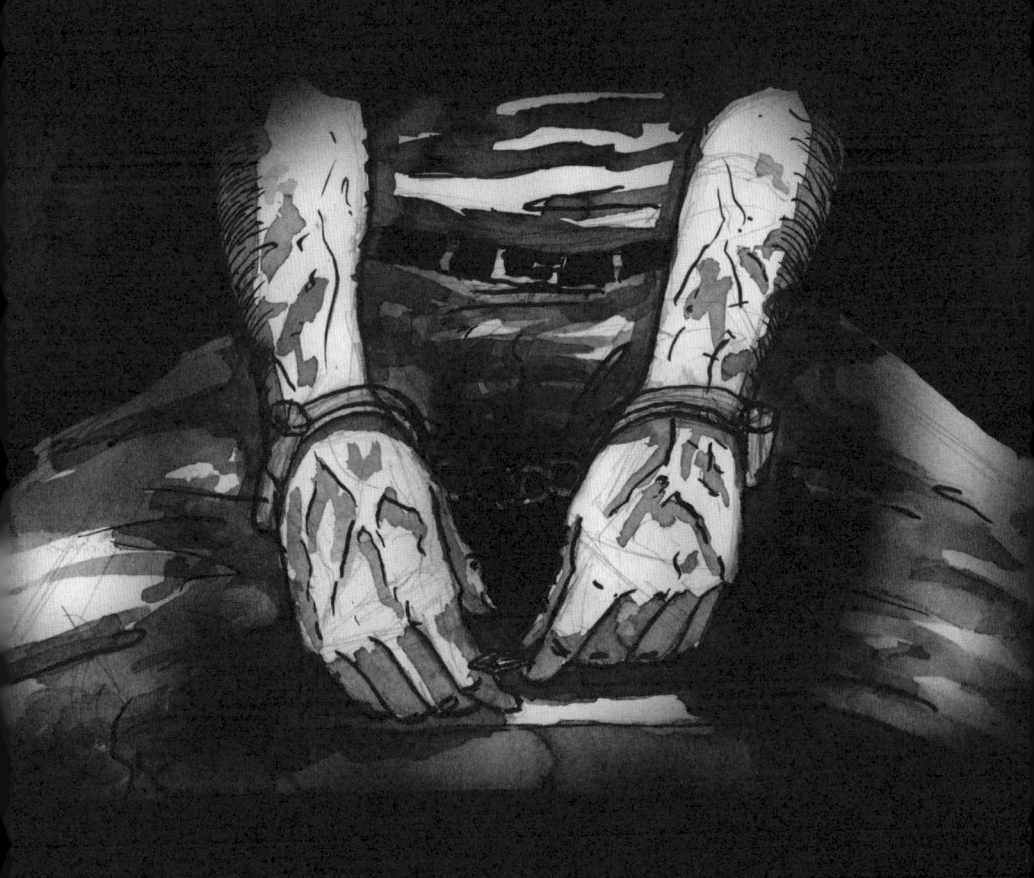

O menino saltou por cima da mesa e aterrissou com as mãos cravadas no pescoço do homem. Queria detê-lo, fazê-lo parar com as acusações das quais não podia se defender. Estar morto já não era suficientemente ruim? Sim, queria esganar o homem de bigode, apertar sua garganta até ele não produzir mais nenhum som, espremer-lhe o pescoço até ele não respirar mais. Afinal, qual poderia ser seu prejuízo? Na fúria, abriu os olhos e deu com o rosto do tenente. O olhar do policial não era tão frio nem tão seguro quanto antes, mas mesmo assim não demonstrava dor nem preocupação. Roneldick tentou empregar mais força, seus pés buscavam tração naquela mesa de madeira da Sala de Interrogatórios, fotos espalhadas sobre o linóleo cinzento. Suor e cansaço começaram a enfraquecer sua vontade, porém o fator decisivo que o fez desistir foi o cano sólido em seu peito.

Olhou e se certificou: era um cano. Um cano de revólver grande e escuro. Com horror, viu o polegar do tenente contrair o cão, viu o tambor girar. Parou de súbito, apoiou as mãos nos ombros largos do oponente.

— Você está em desvantagem, garoto — disse o tenente Duran y Toledo. — Nós três vamos derrubá-lo se for preciso.

— Nós três...? — ficou confuso.

— Eu, Smith e Wesson — pronunciou, em voz clara.

Mesmo sem ter plena certeza, Roneldick intuiu o teor do alerta. Ele falava da arma ainda cravada em seu peito. Tentou sorrir.

— Ótimo, agora nós queremos que saia de cima de mim e de cima da mesa.

— Claro...

Obedeceu com movimentos lentos, cuidadosos. Manteve os olhos no cano escuro enquanto voltava para o lugar de antes.

— Agora, nós queremos que você arrume essa bagunça.

O menino começou a catar as fotos do chão. Reparou como seus músculos estavam tensos e sua respiração alterada. Tratou de inspirar fundo enquanto executava a tarefa. As fotografias com os jovens mortos já não provocavam tanto impacto. Tinha preocupações bem mais urgentes. Aos poucos, seu coração foi reencontrando o ritmo normal. Se ele era um policial, a reação impensada podia ser considerada agressão, tentativa de homicídio ou algo de mesma gravidade. Quais seriam as consequências? "O que ele vai fazer agora?" Colocou as cinco fotos no interior da pasta de papelão e a depositou com respeito sobre a mesa.

— Nós vamos ter mais algum tipo de problema, meu jovem?

— Não, senhor — falou e permaneceu em pé.

Viu-o colocar o cão na posição inicial, desengatilhando a arma.

— Estamos felizes — o tenente comentou.

Ergueu-se e guardou o revólver no coldre acomodado no cós da calça. Roneldick não pôde deixar de admirar a agilidade do homem. Não havia reparado como ele conseguira sacar a arma tão rápido. Achou-se sortudo por não ter levado um tiro. E nesse caso? Na hipótese de ser baleado? O que aconteceria? Morreria de novo? Iria para onde?

— Muito bem, garoto — descontraiu o rosto. Afagou o bigode com a unha. — Começo a simpatizar contigo. Verdade.

Não encontrou comentário adequado, por isso, escolheu o silêncio.

— Quer dar uma volta?

— Como?

O tenente vestiu o paletó. Explicou os benefícios de sair da Sala de Interrogatórios.

— Mas... a gente vai... para onde?

— Não se preocupe, venha comigo — colocou o chapéu e apanhou a pasta.

No segundo seguinte, ouviu-se o tradicional **clanc** e a porta-cofre se abriu. O tenente Duran y Toledo parou e se voltou:

— Você não vem, meu jovem?

Roneldick executou passos vacilantes, os pés pareciam menores e frágeis dentro dos tênis. Seguiu-o e, ao se aproximar da saída, começou a ouvir sons desconhecidos. Também percebeu a corrente de ar. Era morna, porém mais fresca.

— Bem-vindo ao Distrito — disse, sem grande entusiasmo.

Era grande, uns vinte metros de comprimento. Intervaladas, janelas estreitas e altas, cobertas por persianas de tecido. Mesas grandes, pesadas. Cadeiras giratórias de madeira clara. Máquinas de escrever, luminárias metálicas de haste flexível. Ventiladores de pé empurravam calor e fumaça de cigarro de uma extremidade a outra do recinto. Vozes, matraquear das máquinas e telefones também eram processados pela corrente de ar artificial. As pessoas vestiam-se como o tenente e as poucas mulheres repetiam o vestuário da srta. Rosaura McCartney.

Claro, com variações, mas todos pareciam ter saído de um filme antigo. As cores seguiam o padrão da Sala de Interrogatórios: preto, branco e tons variados de cinza. Ninguém ali prestou atenção nos dois.

— Aqui é meu canto — o tenente apontou sua mesa e riu curto.

Sobre ela, estava a pilha de processos espalhada na mais absoluta desordem. Enfiada no cilindro da máquina de escrever, uma página dobrada de jornal. Era a seção das palavras cruzadas. Sobre os quadrados, estava escrito: "Cuide dessa bagunça!".

— Maldito Lao Chi... — resmungou.

Roneldick não o ouviu. Estava fascinado com as pessoas se movendo pelo lugar. "Estão mortos também?", questionou-se. Estavam ocupados com suas atividades. Alguns datilografavam, outros trocavam informações, outros falavam aos telefones negros, outros conferiam a papelada, alguns homens trabalhavam sem paletó e deixavam à mostra seus coldres de ombro. "Claro, idiota, estão todos mortos assim como eu", tratou de responder a si mesmo.

— Ei, garoto, por que não senta ali naquele banco enquanto dou um jeito nisso?

O banco era de madeira, comprido, com encosto de ripas. Cinco pessoas se acomodariam confortáveis por ali. Ficava junto da divisória baixa, metade madeira, metade vidro jateado. Na ponta do banco, estava sentado um homem magro de regata clara e calça social preta. Usava sapatos empoeirados, tinha o pulso direito algemado à estrutura do móvel.

— Não precisa ter medo — ele disse e abriu um sorriso escasso de dentes.

Roneldick sentou-se na outra ponta, tentando não parecer assustado. Com o canto do olho, viu como o outro observava todos seus movimentos. A algema era óbvio motivo de desconfiança e repulsa.

— Pois bem, garoto, vá falando — o homem magro pediu.

— Como?

Ele riu de leve, olhou em volta certificando-se de que ninguém o espionava, inclinou-se na direção do companheiro de banco e disse:

— Ora, quero saber qual é o segredo.

— Segredo? — não estava entendendo.

Nova risadinha. Aí ele sacudiu o pulso, fez barulho com a corrente da algema.

— Qual é o segredo para ficar livre. Entendeu agora, garoto?

— Eu... não sei.

— Ora, vamos, acha que sou estúpido? Falou alguma coisa interessante a eles? Por isso não está trancafiado?

— Não — Roneldick se defendeu. — Eu nem lembro como vim parar neste lugar — explicou, experimentando desconforto por não estar na mesma situação dele. Como se tivesse algum privilégio.

O homem magro riu mais alto.

— Essa é a única coisa clara, garoto. Viemos encalhar aqui porque estamos mortos. Quero saber se dedurou alguém ou subornou um desses tiras miseráveis.

Negou em silêncio. Não havia feito nada daquilo. E começou a sentir saudade do tenente Duran y Toledo. Por algum motivo obscuro, achava assustadora a figura de peito ossudo e regata.

— Muito bem... E o que está achando disso tudo? Você também chegou há pouco, certo?

— Sim.

— Estranho aqui, não é?

— É — encolheu os ombros.

— Você quer saber por que estou algemado? Posso sentir sua curiosidade.

Tentou responder com um "Não, de jeito nenhum", mas as palavras se chocaram no fundo da garganta, não conseguiram se transformar em uma frase, viraram grunhidos sem sentido.

— Disseram que não estou reagindo bem — riu com ar debochado, inclinando o corpo contra o encosto. — Me colocaram aqui e me mandaram esperar.

Sem resistir, o menino perguntou:

— Esperar pelo quê?

— Disseram que alguém virá conversar comigo, mas estou aqui há um bom tempo e nada. Meu traseiro já está quadrado de tanto esperar, garoto. Mas não vou ficar aqui me queixando. Não. Sabe o que tenho feito?

— Além de esperar?

O homem magro riu.

— Tenho observado o funcionamento desta repartição. Sabe a que conclusão eu cheguei, garoto? Estamos no estômago de um monstro burocrático. Podemos ficar aqui pelo resto de nossa vida.

Parou, pensou em suas últimas palavras. Riu com gosto. Roneldick conseguiu sentir seu hálito de cebola estragada.

— Correção. Podemos ficar aqui pelo resto de nossa morte — e gargalhou.

Na opinião do menino, tal comentário era sem graça e inadequado para o tipo de reação. Se pudesse, choraria. Mas por razão desconhecida estava seco de lágrimas. Observou a rotina dos outros funcionários ou policiais. Ninguém dava a menor atenção aos dois. Conseguia ver as costas largas do tenente ajeitando a papelada sobre sua mesa escura com duas fileiras verticais de gavetas, os puxadores de madrepérola. Os telefones seguiam tocando, as máquinas de escrever produzindo boletins e relatórios em folhas brancas e as pessoas davam prosseguimento ao que devia ser a rotina diária do Distrito.

— Ei, garoto.

Voltou-se para o homem magro.

— Pode me alcançar aquele clipe caído junto a seu pé?

Roneldick olhou e localizou o clipe junto ao bico de seu tênis direito.

— Estou com as unhas sujas, queria limpar, sabe?

O menino abaixou, apanhou o pequeno utensílio metálico e estendeu-o de forma prestativa ao outro. Só quando já estava passando o clipe se deu conta da proximidade à qual se expôs. E se ele o pegasse pelo braço? Se fosse maluco a ponto de querer machucá-lo sem motivo?

— Obrigado, garoto. Muita gentileza de sua parte — agradeceu, abriu a ponta do clipe e começou a passá-la por baixo da unha do polegar. Uma camada grossa e escura saiu dali.

Roneldick preferiu não olhar.

— Eu trabalhava com automóveis. Oficina mecânica, sabe?

Acenou com a cabeça. Ele passou a limpar a unha do indicador esquerdo.

— Eu era bom no que fazia — prosseguiu. — Nenhum carburador jamais me venceu, garoto — riu de leve. — Nunca fui enganado por um virabrequim ou passado para trás pelos pistões mais atrevidos. — Voltou a rir. Seguiu em seu paciente trabalho de manicure. — Eram bons tempos, garoto, não vou mentir. Sentirei saudade.

Roneldick o invejou: "Ao menos ele sabe quem era e o que fazia".

— Não havia lua na noite em que morri — continuou o homem magro, já com a faxina sob a unha do dedo mínimo da mão esquerda. — A caminhonete chegou fazendo barulho, levantando poeira com a freada. Na hora pensei: aí vem encrenca. — Riu, fitou o teto apreciando a memória. — Quatro caras durões desceram. Usavam capotes escuros. Pensei na hora: "Devem ter escopetas escondidas ali embaixo". O sujeito que parecia o chefe da quadrilha perguntou se eu tinha cofre na oficina. Falei que não. Ele não me escutou e fez outra pergunta: "Onde fica o cofre?". — Riu. Encarou o menino. — O que você faria, garoto? Deixaria os safados levar seu dinheirinho suado?

Pensou em responder "De jeito nenhum", porém optou por mover os ombros de leve. O prisioneiro mudou o clipe de mão e reiniciou a limpeza.

— Você não me conhece, garoto, mas deixe eu lhe dizer: não sou do tipo que aceita injustiças. Não mesmo. Por isso, me joguei em cima dos caras. Distribuí socos e pontapés com tanta velocidade que eles pensaram ter sido atingidos por um raio. — Riu. — Esmurrei os dois caras da frente e consegui empurrar os outros dois antes de voar para debaixo do caminhão que eu consertava. Sabe o que aconteceu a seguir?

— Não — pronunciou, sem muita curiosidade. Preferia estar em outro lugar. Agora até mesmo o timbre da voz do homem magro o deixava desconfortável.

— Apanhei uma barra de ferro e voltei para acabar o que eu havia começado. Quem eles pensavam que eram? Eu sabia. Se achavam muito espertos, mas não passavam de uns pés-rapados, e eu queria mostrar a eles como era levar uma surra de verdade — riu. — O problema, garoto, é que... — procurou a melhor maneira de contar.

— Eles tinham escopetas — Roneldick completou.

O homem magro concordou, com risadinha aguda.

— Isso mesmo, garoto. Não se pode ir de mãos vazias a uma briga de armas de fogo. Os quatro covardes atiraram em mim, e cá estou — riu de novo, com mais gosto.

— Ah... — suspirou, desajeitado. O que dizer a um morto sobre sua morte?

— Quando acordei, achei que ainda estava brigando com os quatro canalhas, por isso esses tiras miseráveis me prenderam. Foi só um mal-entendido, garoto. Entende?

— Claro — disse e se distraiu com a aproximação do policial sem paletó, as mãos ocupadas com montes de pastas de papelão.

O homem vinha distraído na direção do banco, cuidando para manter a pilha equilibrada.

Clic.

Foi o que Roneldick escutou. No segundo seguinte, o homem magro de peito ossudo estava de pé, sem a algema, a mão retirando a pistola do coldre do policial, um encontrão com o ombro jogando-o para o lado. No segundo de número dois, o menino estava em pé na frente do ex-prisioneiro, vítima de chave no pescoço.

— Muito bem, pessoal! — gritou. — Isso é sério. Todo mundo quietinho!

O Distrito inteiro silenciou. Todos se voltaram na direção de onde viera a ordem tão determinada. Ninguém se mexeu durante um momento angustiante de expectativa. Era possível ouvir apenas as hélices dos ventiladores verticais mastigando fumaça e calor.

— Ótimo, agora eu não quero ninguém tendo ideias aqui dentro. Vou sair devagar e ninguém vai bancar o espertinho, caso contrário, eu estouro os miolos do garoto!

Roneldick sentia o bíceps do homem magro forçando sua traqueia. Também conseguia sentir o cheiro ácido das axilas do homem. Começaram a executar passos lentos em marcha a ré. "Ninguém vai fazer nada?", o menino se perguntou.

Foi quando se ouviu, no meio da tensa calmaria, o ranger monocórdico da cadeira do tenente Herbert O'Connor Duran y Toledo. Ele se ergueu sem pressa e encarou o prisioneiro.

— Parado aí, tenente! — o homem armado advertiu. — Ou vai ter muito trabalho para juntar os pedaços de crânio e de cérebro deste garoto.

Sem dar indicação de tê-lo ouvido, o tenente empurrou a cadeira com o joelho e deu um passo à direita, ficando no corredor, frente a frente com seu novo inimigo declarado. Quatro metros os separavam.

— O que há com você, tenente? Não lavou os ouvidos esta manhã?

A mão do policial buscou o revólver às suas costas.

— Parado, eu falei!

Suspendeu o 38 na altura de seu ombro e colocou a cabeça do homem magro na mira.

— Eu vou atirar! — o outro apelou, olhos injetados de fúria.

Da porta do banheiro, surgiu Roy Lao Chi e, vendo a cena, sacou sua Colt 45 com agilidade surpreendente para alguém de seu tamanho.

— Não se mexa! — o homem magro berrou e apontou o peito do sargento.

Lao Chi não deixou transparecer nada em sua face. Tão pouco obedeceu. E tratou de fazer pontaria. Agora eram dois contra um. No meio desse possível fogo cruzado, estava Roneldick, coração aos galopes.

— Não se meta, Lao Chi — o tenente ordenou. — Guarde seu trabuco. A situação está sob controle.

No entender do sargento, guardar a arma seria a última coisa na qual pensaria. Havia um potencial fugitivo com refém e armado.

— Faça o que estou dizendo, Lao Chi — a voz do tenente não se modificou. — Guarde a arma e se afaste. O magrelo é meu.

— Isso mesmo, seu chinês gigante! Afaste-se!

Lao Chi sorriu de maneira sinistra para o delinquente. Relaxou o braço e acomodou a 45 no coldre de ombro.

— Espero que saiba o que está fazendo, Toledo — resmungou, contrariado.

Neste exato momento, Roneldick relaxou, chegou a soltar sua risadinha. Havia descoberto tudo, toda a encenação. "O cara abriu as algemas com um clipe?", perguntou-se. "Qualé? Não sou bobo." O menino agarrou o braço que o imobilizava e tentou se soltar.

— Quieto, garoto! — seu algoz reclamou e voltou a pressionar sua têmpora com o cano da pistola. — Esqueceu que eu estou prestes a explodir sua cabeça?

— Podem parar, eu já saquei tudo — o menino falou, com desdém. O tenente não havia elogiado sua esperteza? Pronto, agora era ótimo momento para demonstrar inteligência e perspicácia. — Vocês são péssimos atores. Já entendi qual é a jogada aqui.

— Cale a boca! — o homem magro gritou. Hálito de cebola azeda e gotas de cuspe cobriram-lhe o rosto.

— Ei, garoto, não seja tolo — o tenente pediu, em sua pétrea posição de tiro. — Faça o que ele está mandando.

O menino riu.

— Vocês todos são uns canastrões — debochou. — Querem que eu acredite nessa palhaçada de tira bonzinho, tira malvado? Pensam que vou cair agora nessa jogada de virar refém de um maluco?

— Cale a boca!

— Ei, não grite comigo, Bafo de Esgoto — Roneldick reclamou. — Agora, por que não me conta onde e com quem trabalha? Aposto que é um tira como os outros, não é? O que espera de mim? Uma confissão? — tornou a falar, em tom de afronta.

O homem magro apertou o pescoço do menino com mais urgência, fazendo com que se calasse. Roneldick ouviu a explosão. Sentiu seu rosto cobrir-se por boa quantidade de líquido espesso.

Capítulo 5

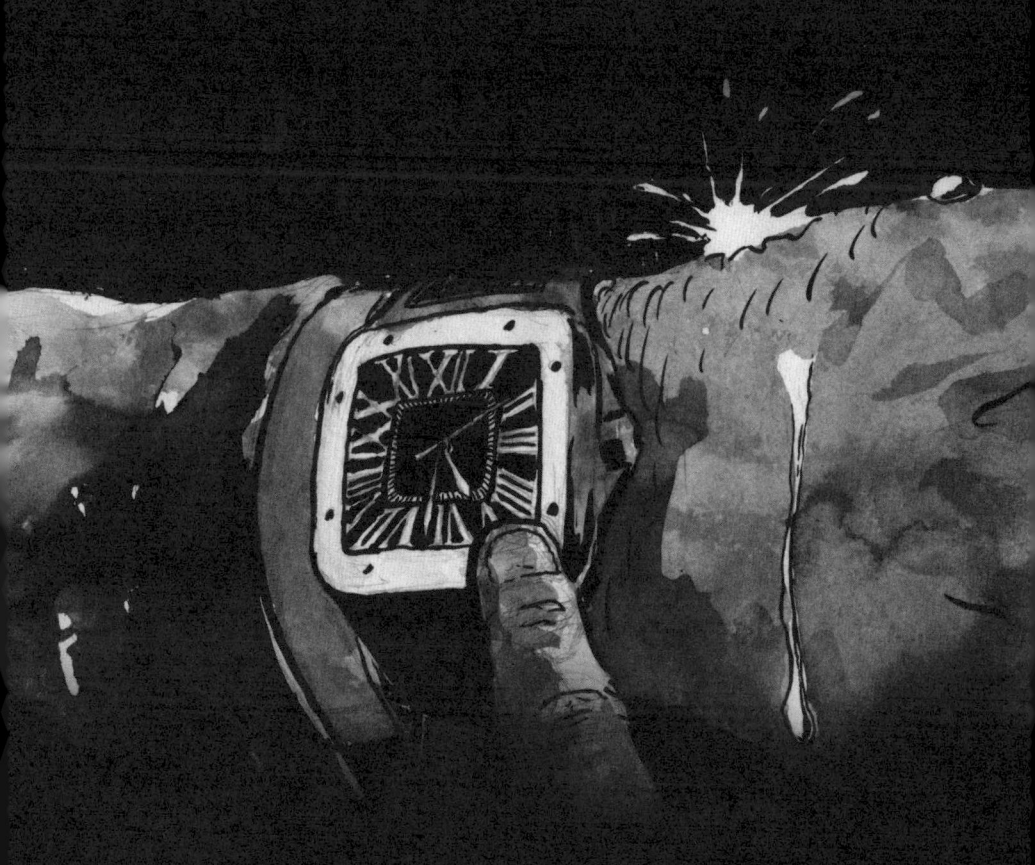

Rosaura McCartney trouxe toalha e um copo com água.

— Pronto, doçura, já acabou — ela o consolava. — Deixe-me limpar mais um pouco — e esfregou a toalha em seus cabelos, **frsh-frsh-frsh**. Além desse som, ele ainda escutava um apito muito alto espetando seus ouvidos.

No chão, mais adiante e parcialmente oculto pela divisória de madeira e vidro, estava o corpo do homem magro. Via o corpo apenas abaixo dos joelhos. Os sapatos indicavam dez para as duas.

— O que...? — tentou pronunciar.

Rosaura parou de limpá-lo, olhou a toalha e fez careta. Estava com manchas acinzentadas. "Eca", disse e a jogou na lata de lixo mais próxima.

— Não quer mesmo tomar um gole? — perguntou ela, de modo amável.

Ele não respondeu. Tentava colocar seus pensamentos em ordem linear. Início, meio e fim. Fora feito de refém e o tenente atirou no sujeito sem piedade. "E o sujeito de regata apontava uma pistola para minha cabeça. Foi isso mesmo?" Ou sua memória outra vez entrara em curto? E o líquido cinzento? Era sangue do magricelo armado e perigoso? Salvo qualquer coisa, começou a desejar com toda sua paixão um banho quente, desodorante, creme dental, antisséptico bucal e roupas novas. "Mas será que mortos tomam banho?"

— Se não quer a água, não precisa tomar, Dick. Pode deixar, eu levo — ela sorriu ao tirar-lhe o copo das mãos, já menos trêmulas. Depositou-o sobre a mesa do tenente Duran y Toledo.

Roneldick estava sentado no mesmo banco. Respirava com alguma dificuldade enquanto observava a movimentação no interior do Distrito. Naquele instante, as atenções estavam voltadas para o trabalho dos dois padioleiros do Necrotério. Colocaram o corpo na maca, um lençol por cima da vítima, e sumiram pela porta da frente. Alguns homens com mãos nos bolsos confabulavam sobre o ocorrido em volta do contorno do corpo feito a giz no assoalho. Ninguém dava mostra de muito abalo ou intensa surpresa. Com exceção da srta. McCartney, o adolescente não recebia olhares piedosos nem tapinhas nas costas.

— O que deu em você, garoto? — foi a pergunta do tenente. Seu rosto, um bloco enigmático.

— Ahn...?

— Foi algum tipo de surto ou só burrice mesmo?

— O quê?

O policial fez **tsk-tsk-tsk** com o canto da boca em estalo irritante da língua nos dentes. Estava desapontado e cansado.

— Aquilo foi muito estúpido, garoto.

— É que eu... achei...

O homem rosnou de leve.

— Você acaba de chegar e já tem ideias? É isso?

— Não, eu... — suspirou. Odiava se sentir idiota. — Eu achei que era um teatro de vocês para arrancar algo de mim.

Ele ajeitou o chapéu na cabeça e pronunciou:

— Aqui não há lugar para teatro, meu jovem. Aqui é sério.

— Tudo bem...

— Podia ter se machucado.
— Pois é... eu... Ei, tenente, o senhor de fato atirou nele?

A confirmação veio com a quase imperceptível inclinação da cabeça do homem.

— Mas... mas... ele estava atrás de mim...
— Usando você como escudo, eu sei, eu sei.

Roneldick não conseguia acreditar em tanta frieza.

— Mas... e se... o senhor errasse?

O tenente explicou, com paciência:

— Quando você começou com aquela baboseira de sermos todos uns canastrões querendo pregar uma peça em você, o magrelo se distraiu. E, no momento em que ele tentou esganá-lo de vez, tirou o dedo do gatilho. Foi o último erro dele.

— Foi aí que...?
— Sim, garoto. Não costumo desperdiçar oportunidades. E àquela distância sou capaz de fazer minha bala atravessar o buraco de uma rosquinha.

Teve vontade de continuar perguntando, mas se calou. Talvez, se mudassem de assunto, ele poderia apagar o tremor e o apito dos ouvidos.

— A cabeça ainda dói, meu jovem?
— Muito — confessou.
— Venha, sei como resolver isso. Vamos, levante-se, não fique aí parado. Você não foi baleado hoje.

Com algum esforço, Roneldick Silva levantou e seguiu o tenente. Tomou o cuidado de não pisar no contorno do duplamente falecido.

Viu o tenente descer quatro degraus largos de mármore gastos e abaulados no centro. O acesso e a saída principal do prédio passavam por duas enormes portas de vaivém construídas em mogno e com grandes vidros foscos. Barras metálicas cilíndricas funcionavam como trinco. Só então o menino se deu conta de que sairia pela primeira vez para o mundo exterior. Aquele novo mundo exterior.

Do lado de fora, encontrou uma calçada, uma avenida, lojas e prédios não muito altos. Poucos carros ancestrais circulavam expelindo fumaça. Todos se vestiam de modo antiquado e o menino percebeu como olhavam seus relógios ou entravam nas edificações. Se precisasse definir o cenário, Roneldick usaria a expressão "Filme antigo". Fazia calor, calculou 28°C. O mundo era preto e branco com variações do cinza. O dia, nublado. A claridade era difusa, estranha, como se estivessem nos momentos que antecedem o amanhecer ou em pleno vigor de um eclipse total. No alto, aglomerações de nuvens baixas em forma de espiral. Voltou-se e encarou o edifício de tijolos, de onde saíra. Três pavimentos, comprido, ia até a outra esquina, janelas estreitas e altas. Sobre a entrada, a placa metálica informava: 10º Distrito. Departamento de Capturas.

— Não é tão colorido como costumava ser, não é mesmo, garoto? — o tenente comentou.

Roneldick desceu até a avenida asfaltada seguindo o homem do bigode. Um caminhão com carroceria de madeira parou e os dois atravessaram. O policial tocou a aba do chapéu em agradecimento. O motorista buzinou de leve e seguiu seu caminho, o braço peludo do lado de fora da janela.

— É melhor se apressar, meu jovem. Não quero me molhar.

— Molhar? — perguntou sem compreender.

Ouviu-se o trovão, e a chuva desabou reta e intensa. O homem olhou seu relógio, bateu com o indicador no vidro.

— Maldita maldição... — e começou a correr.

Roneldick o seguiu. Atravessaram a outra pista em diagonal até pararem sob o toldo listrado de um lugar chamado Lancho-Nat.

— É disso que você precisa, garoto. Vai matar sua dor de cabeça. Garantido.

Ele não entendeu de imediato.

— Comida — o homem deu seu meio sorriso ao empurrar a porta de vidro. A sinetinha no alto do marco anunciou a chegada dos novos clientes.

Um aroma de repolho e cerveja velha dominava o ambiente. Era uma espelunca pequena, com meia dúzia de reservados com acentos de vinil e piso quadriculado. No canto oposto, uma *jukebox* apagada.

— Ei, Nat! Como vai? — o tenente saudou o homem atrás do balcão.

Ele era alto e gordo. Vestia camiseta branca encardida e, sobre ela, um avental ainda mais encardido. Barba por fazer e o toco de charuto apagado no canto da boca. Dentes cinzentos, irregulares.

— Minha chapa está sempre quente, Herbie, e meu hambúrguer segue gorduroso — disse o cozinheiro, com voz de catarro. — O que houve com seu relógio? Atrasado de novo? — riu e acariciou a cabeça raspada com as unhas compridas, **rasp-rasp-rasp**.

O tenente tirou o chapéu de pele de coelho e o bateu contra a perna, gotejando água no assoalho.

— Me dê uma folga, Nat. Tive uma penumbra dura.

O cozinheiro riu mais alto. Apontou o Distrito com o queixo.

— Estava metido naquela confusão?

Não respondeu, apenas sacudiu os ombros em gesto que poderia ser traduzido como "O que posso fazer?".

— A Capturas ainda vai matar você, Herbie.

— Ora, cale a boca, Nat. Estamos famintos.

— Quem é o garoto com cara de assustado?

Roneldick ficou embaraçado com o comentário. Tentou endireitar as costas, estufar o peito, parecer um cidadão de... Onde estava mesmo? Mortópolis? Enquanto o policial explicava quem o menino era, ele se sentou no reservado da janela. Letras em forma de boca aberta e sorridente informavam o nome do lugar. Água escorria de seu cabelo escuro, sua camiseta estava grudada ao corpo. Não se importava. "Será que a chuva conseguiu me lavar de todo aquele sangue? O que vai acontecer agora?" Fechou os olhos e teve nova visão. Desta vez, além das cores, veio acompanhada de som. Era o teclado de um piano, as teclas brancas e pretas, duas mãos brancas delicadas, de unhas vermelhas, dedilhavam com delicadeza e precisão a melodia suave, arrebatadora. Havia também as mangas da blusa. Flores minúsculas em laranja, vermelho, marrom e amarelo sobre fundo azul. O mais estranho: sabia o nome da música. "Sonata em mi menor K 402", de Domenico Scarlatti.

— Nat, este é Dick Silva. Dick, aquele gordo relaxado é o Nat.
Não houve qualquer manifestação por parte do menino.
— Não se deixe enganar pelas aparências, meu jovem. A comida que ele prepara é boa, principalmente se ele estiver sóbrio.
O cozinheiro riu e falou que faria o de sempre. Como Roneldick não tomou conhecimento, o tenente estalou os dedos em frente ao queixo pontudo do menino.
— Ainda surdo, meu jovem?
Retornando da agradável recordação sonora, respondeu:
— Está melhorando.
— Os rapazes falam alto, não é mesmo?
— Rapazes? O senhor se refere...?
— Isso — riu. — Estou me referindo a Smith e Wesson. — Sentou com peso, o paletó escuro pelo aguaceiro. — Já fiz o pedido. Café e rosquinhas para mim, um hambúrguer especial para você, com direito a refrigerante.
Ao ouvi-lo pronunciar o prato, seu estômago se contorceu de fome.
— Como posso ter fome se estou morto? — quis saber.
O tenente colocou o chapéu no canto da mesa, junto ao vidro. Limpou a garganta antes de falar.
— A vida segue, garoto. Ou melhor, seu novo tipo de vida.
— E aqui.... nesta transição, neste lugar intermediário como falou Rosaura, o que acontece?
— A srta. McCartney não foi precisa. Aqui seguimos fazendo tudo o que costumávamos fazer lá em cima.
— Epa! Espera. Que negócio é esse de "lá em cima"?

O policial raspou a unha pelo canto do bigode, olhou a chuva ainda intensa e milimetricamente vertical.

— Digamos que estamos no subsolo, garoto. Está bem? Consegue conviver com isso?

"Subsolo? Mas que porcaria..."

— Todos aqui têm trabalho, pagam impostos, se alimentam, ficam doentes e, como você viu hoje, também morrem.

Chiados e ruídos de panelas e de talheres começaram a sair da cozinha.

— E vão para onde? O cara que o senhor matou. Ele já não estava morto? E morreu de novo?

— Sim. Ele estava morto e morreu de novo. Não posso falar ao certo para onde ele foi, mas com certeza para um lugar pior.

— Pior que este? Aliás, como é o nome daqui? Mortópolis?

Tiradas cômicas não deixavam o policial feliz, em especial quando estava com fome e precisando de café preto.

— Espertinho — resmungou. — Chamamos de Cidade. Só isso.

"Cidade", o menino pensou. "Que original."

— E essa chuva?

— O que há com ela, meu jovem? Por acaso não chovia lá em cima? — perguntou, desanimado. Começava a dar sinais de impaciência. Não gostava nem estava acostumado a ser bombardeado por perguntas.

— O que eu quero saber... — Roneldick hesitou ante o absurdo que estava prestes a dizer. Mesmo assim arriscou: — A chuva tem hora marcada?

O tenente atacou a mesa com os dedos, **pe-re-lec**, **pe-re-lec**, **pe-re-lec**.

— Às 17h29 — contou, sem emoção.
— Todos... os dias...?
— Sempre, garoto. Sempre.

A sineta anunciou a chegada de outro cliente. Era o sargento Roy Lao Chi. Trazia um guarda-chuva. Nat saiu da cozinha e o saudou.

— Lao Chi, meu camarada! Vai me dar a honra hoje?
— Vá sonhando, Nat — ficou parado na porta. — Ei, Toledo!

O tenente virou-se devagar, o rosto já contraído em profundo desagrado.

— Com todos os diabos, Lao Chi! Não consegue ficar longe de mim?
— Nada me deixaria mais feliz — o sargento retrucou.
— O que quer, afinal? — perguntou, rosnando.

Lao Chi sorriu só com os lábios.

— Não está se perguntando como o encontrei? — divertiu-se.
— Fácil. Você não trouxe as rosquinhas que pedi. Tive de vir atrás delas e agora estou procurando um pouco de sossego.
— Cuidado, não vá ter um colapso cardíaco, Toledo. Atravessar a rua pode ter sido um exercício e tanto.
— Certo, agora desembuche logo — disse, cansado da troca de amabilidades.
— É o capitão. Quer que você levante seu traseiro gordo daí e vá vê-lo. Código um.

O tenente esfregou o rosto com a palma da mão. Estava contrariado. Suspirou com força. Apanhou e enfiou o chapéu na cabeça.

— Vá ficar com ele, Lao Chi — ordenou, enquanto levantava. — Coma seu hambúrguer bem sossegado, garoto. Eu já volto — e saiu.

O cozinheiro ainda brincou com o sargento:

— Tem certeza de que não quer nada, Lao Chi?

— Daqui? Quero, sim: distância.

Nat riu com estrondo, o charuto preso ao canto da boca.

— Entre, fique à vontade. Quem sabe dessa vez eu não assoo meu nariz em seu arroz.

O sargento apontou o indicador para o peito do cozinheiro e baixou o polegar, como se estivesse atirando. Aí olhou Roneldick.

— Ei, garoto. Seja bonzinho e fique aqui. Não me faça ir atrás de você, entendeu? Garanto que não ia ser nada divertido nem muito bom para sua saúde.

Largou a porta e saiu com seu guarda-chuva, ignorando a determinação do tenente.

Nat riu de forma grotesca.

— Ele não é uma graça, garoto? Já viu chinês mais mal-humorado?

"E agora? Faço o quê? Fujo?"

— Mas para onde? — questionou-se, sem perceber o volume da voz. Pensar em voz alta podia ser perigoso em Mortópolis.

— Para onde ele foi? — Nat não ouvira direito. Mesmo assim respondeu:

— Os dois estão no Distrito, ali do outro lado da rua. Não se preocupe, garoto. O rango já está saindo. Sente o cheiro?

Com esforço, Roneldick mostrou-lhe o polegar, e Nat retornou à cozinha, a essa altura já enfumaçada e exalando gordura saturada.

— Que lugar mais bizarro... — comentou num cochicho.

Estava tentando recordar a melodia de Domenico Scarlatti quando sentiu uma presença se materializar bem a sua frente. Era a garota mais linda que já tinha visto na vida.

E na morte.

Capítulo 6

Ela era alta e magra. Mesmo de avental, as curvas de seu corpo podiam ser percebidas com facilidade. Rosto fino, de ângulos delicados. Os cabelos escuros formavam ondulações em cascata até abaixo dos ombros. A boca tinha contornos sensuais, próximos do exagero. Roneldick surpreendeu-se ao identificá-la: "Será que a Megan Fox morreu e também veio parar aqui?". Ele também se admirou por lembrar o nome da atriz. Mas nada o assombrou mais que os olhos da moça.

Eram azuis.

Sim. Azuis. De algum modo, fugiam do padrão Mortópolis de cores. Não conseguia falar, embora quisesse muito conversar com ela, perguntar-lhe coisas, saber se ela era, de fato, a Megan Fox.

— Devia ter levado um babador para o moço — Nat estilhaçou a pequena epifania sem elegância. Ato contínuo, riu alto e tomou um gole na garrafinha chata revestida de couro que trazia no bolso de trás da calça. Bebeu sem se livrar do toco de charuto colado ao canto da boca.

— Posso colocar aqui? — ela perguntou com simpatia. Sua voz era baixa e luminosa.

Só então Roneldick percebeu que ela era a garçonete do lugar. Estava com uma bandeja metálica nas mãos. Ali dentro, o pedido: hambúrguer de aspecto apetitoso, garrafa de refrigerante, xícara de café e prato com três rosquinhas bem açucaradas.

— Claro, claro — ele conseguiu dizer. — Desculpe, eu... — ia inventar desculpas para sua patetice, mas deixou passar.

Ela colocou o pedido sobre a mesa, a bandeja junto da janela e se sentou.

— O tenente vai voltar? — ela quis saber.

— Vai, quer dizer... — pigarreou, mesmo sem precisar. — Acho que sim.

Ela colocou o prato sobre a xícara.

— O tenente odeia café frio — e ela sorriu. Os dentes perfeitos e brancos preenchiam com mais beleza aquele rosto já tão agraciado por inspiradora mistura genética.

— Como é seu nome? — o menino perguntou, mesmo se odiando por ter feito pergunta tão óbvia. Queria ouvi-la dizer "Fox. Megan Fox". Não conseguia parar de pensar na cena em que ela verifica o motor enguiçado do velho Chovy Camaro no filme *Transformers*. "Acho que minha memória está voltando."

— Bernardete.

— O quê?

— Bem, é assim que eu me chamo. Qual é seu nome?

— Roneldick.

— O quê?

Ele riu. Ela o acompanhou.

— É uma longa história — o menino tentou desconversar.

— Conta. Eu tenho tempo. Estou no meu intervalo.

Roneldick ia contar. Claro que havia uma explicação bem razoável, só que...

— Epa...

— Que foi? Não lembra?

Franziu a testa e voltou a sentir ferroadas intensas por trás dos olhos.

— Ei, não se preocupe — ela o tocou no braço. — No começo, é assim. Por que não come? Isso vai diminuir sua dor.

Roneldick percebeu o desenho das sobrancelhas de Bernardete. Dois arcos mais espessos na porção interna e que afinavam conforme as curvas terminavam. A fome deu lugar à inquietação. "Mortos se apaixonam?"

— Vai, experimenta.

Obedeceu. Apanhou o lanche e mordeu com vontade. De imediato sentiu o gosto da carne suculenta, da mostarda, do molho de tomate e das rodelas de cebola. Seus olhos se encheram de lágrimas. O sabor era estupendo e ele não conseguiu parar de gemer e de suspirar.

Ela riu. Não era a primeira vez que via alguém demonstrar sua aprovação de maneira tão genuína e sonora. Gemidos e suspiros eram os elogios mais frequentes.

— Bom, não é?

Aquiesceu com outra mordida vigorosa. Conseguiu identificar também a presença de alho, pepino e repolho raspado e refogado. O cozinheiro podia ser relaxado e o lugar podia ser uma espelunca sem grande fanatismo por saúde pública, mas não havia como negar, o hambúrguer era divino.

— Não quer um pouco de refrigerante?

Ele abriu os olhos. Não conseguiu identificar a garrafa escura. No rótulo estava escrito "Gasoza" Continental, e o limão ia desenhado no centro. Provou direto no bico. Não se lembrava de já tê-lo tomado, mas estava gelado e desceu bem.

— Ah, obrigado — e voltou ao ataque.

Bernardete se divertia com a fome do recém-chegado. Por um lado, era triste saber que alguém tão jovem havia morrido, por outro, era bom conhecer outro jovem. Ela tinha dezessete anos e poucas oportunidades de se sentar e conversar com jovens de sua faixa etária. Não o achou bonito, mas intrigante. Estava com vontade de buscar a toalha e secar-lhe o cabelo.

— Ninguém falou nada sobre a chuva, Roneldick?

— Pode me chamar de Dick. Todos aqui estão me chamando dessa forma e sinceramente não lembro se eu tinha algum apelido... lá em cima — tentou impressioná-la demonstrando ter se ambientado rápido. — E sobre a chuva das 17h29, bem, o relógio do tenente está atrasado.

Ela desenhou círculos na mesa com a ponta do indicador enquanto explicava:

— Logo vai terminar. Às 17h47. Desde que eu cheguei, é sempre assim. Todos dizem que é assim mesmo. Ah, e mais tarde, às 21h22, começa de novo. Aí vai até as 23h56.

Outra mordida e ficou olhando os dedos sujos de molho de tomate. Limpou-os da melhor forma possível no guardanapo de papel. Experimentou um gole maior da Gasosa Continental. Nada mal. De verdade. Poderia se tornar fã daquele lanche. Observou a rua deserta. A chuva continuava na mesma intensidade. Sentia-se melhor agora. A dor de cabeça, simples assim, sumiu, e a presença da garota o deixava menos tenso. Também havia muitas novidades para deixá-lo apreensivo. A maior delas...

— E então, Dick? Cozinho bem? — ela indagou com olhar divertido.

Ele respondeu que sim com a cabeça.

— Ah, estou mentindo, Dick. Nat é quem faz tudo. Eu só sirvo as mesas — admitiu, enquanto afastava uma mecha do cabelo negro.

— Esse negócio da chuva é muito estranho — confessou o menino.

— Quer dizer, se chove é porque tem céu, certo? E eu vi algumas nuvens. Mas, ao mesmo tempo, nós estamos embaixo... da terra?

Bernardete sorriu.

— Embaixo é modo de falar, Dick. Sim, estamos embaixo, mas não fisicamente, entende?

— Ahn... Não!

Ela riu. Tentou outra abordagem.

— Quando você estava lá em cima, ou seja, vivo, e olhava o sol ou as estrelas. Nunca se perguntou por que essas coisas existiam?

Ele pendeu a cabeça para os lados em dúvida, pensando a respeito.

— Bom — arriscou —, muita gente acha que tudo começou com o tal de Big Bang. Ou, então, que é obra de Deus.

— Isso! Mas quem criou o Big Bang? Quem inventou Deus?

Roneldick levou a garrafa aos lábios. Bebeu mais um pouco do refrigerante. Nunca havia pensado a respeito, portanto, não se achava capaz de formular qualquer comentário adequado.

— Eu acredito em Deus, Dick.

— Eu também.

— É só o que importa — ela segurou a mão dele. — Este é um mundo meio maluco, mas o nosso mundo lá de cima não era?

Roneldick teve de concordar. Todas aquelas guerras, as perversidades do ser humano contra a natureza, contra os animais e contra o próprio homem, tudo isso transformava a Terra em território hostil, sombrio. Não havia dúvida. A capacidade humana de produzir sofrimento não tinha par. Por sorte, havia pessoas boas, capazes de produzir arte, de curar doenças, de sorrir.

— Nós morremos, Dick. Acontece. Estamos aqui por alguma razão. Ninguém tem como saber — comentou ela, observando a chuva. Havia tom nostálgico em sua voz e em seu olhar.

Fascinado pelo sorriso da moça, Roneldick tentou afastá-la da possível tristeza.

— E como é a vida aqui em Mortópolis? — indagou.

Bernardete voltou a se concentrar nele. Sorriu — Mortópolis... É um nome bem adequado, Dick — suspirou, recostou-se no acento do reservado. — A vida aqui? É a mesma coisa que lá...

— Em cima?

Ela riu.

— Isso! A gente dorme, tem fome, sente calor, trabalha, essas coisas.

— E morre também, certo? Vi um cara morrer agora há pouco. Do meu lado.

— Credo! No Distrito?

O menino contou o ocorrido. Teve o cuidado de omitir o borrifo de sangue e miolos sobre seu rosto e suas roupas.

— Aquele cara vai para onde? — perguntou curioso. O assunto não lhe dizia respeito em nada, mesmo assim, sentia-se intrigado demais.

— Garanto que ele foi para um lugar pior — ela apoiou os cotovelos na mesa e complementou: — Sempre que você enxergar alguém algemado, mude de calçada, afaste-se. Não dê chance ao azar.

— São recém-chegados perigosos?

A moça confirmou.

— Porque estão assustados demais, porque não estão conformados ou porque são pessoas ruins mesmo. E você, Dick? Onde acordou?

— Na Sala de Interrogatórios do Distrito. Sem me lembrar de nada, sem saber como vim parar aqui.

— Você vai lembrar — ela garantiu.

— Todos dizem isso — comentou, com desânimo.

— Porque é verdade. Fale, Dick. A memória está voltando aos poucos, certo?

Confirmou.

— E do que tem se lembrado? Se é que posso perguntar.

Roneldick bebeu o último gole da Gasosa Continental. Não era preciso muito esforço. Os acordes estavam frescos em sua mente. Assim como a imagem das mãos bonitas percorrendo o teclado do piano com delicada precisão. As flores coloridas da manga da blusa.

— Me lembro de uma música, de alguém tocando piano.

— A namorada?

Ele a observou. Os olhos azuis de Bernardete eram fascinantes e ganhavam beleza a cada minuto.

— Não sei quem era — revelou. — Mas gostaria de saber — forçou-se a sorrir. — E você? Lembrava tudo quando chegou?

— Tudo não. Mas fui recordando as coisas.

— Você sabe como morreu?

Ela teve um leve sobressalto, atingida pela pergunta inesperada. O menino se deu conta do efeito e pediu desculpas.

— Eu não quis...

Bernardete recolheu os cabelos, torceu-os com graça e os deixou acomodados às costas. Não demonstrou ter ficado ofendida, apenas surpresa. Como não costumava fugir de nenhum tema nem era próprio de seu caráter dar voltas a fim de contornar dificuldades, respondeu:

— Fiquei doente — disse. — Fui internada, recebi tratamento, mas não deu certo.

Roneldick tinha muito mais a perguntar. Porém se manteve quieto. Não se sentiu no direito de invadir a privacidade da moça. Ela também o intimidava com sua beleza. O medo de dizer ou fazer algo capaz de afastá-la ou desapontá-la permanecia entocado no esconderijo morno entre uma batida e outra de seu coração.

Ficaram em silêncio. Os ruídos da chuva tinham suaves alterações. Roneldick formulou a hipótese absurda de a chuva ser fruto de escapamento do fundo do oceano da parte de cima do mundo. E lembrou o livro de Geografia com a representação do interior do planeta Terra. O núcleo incandescente bem ao centro, depois o manto e, por fim, logo abaixo da atmosfera, a crosta terrestre. Imaginou Mortópolis localizada na região do manto, por baixo do leito dos oceanos. As nuvens vistas antes de chegar à Lancho-Nat deviam encobrir as rochas lá no alto. Isso também explicava a fraca luminosidade.

— Aqui não tem sol — foi mais uma constatação.

— Você nunca vai conseguir se bronzear por aqui, Dick — disse ela, rindo do próprio comentário.

Ignorou o gracejo. Porque havia se dado conta.

— É por isso que vocês chamam o dia de penumbra!

Ela bateu palmas de modo contido, o gesto valendo mais que o som do aplauso.

— Você é inteligente, Dick. Muito inteligente.

O menino encabulou, brincou com a garrafa, puxou uma ponta do rótulo.

— E tímido — concluiu ela.

Ele encolheu os ombros. Não sabia ao certo se as duas definições se enquadravam. Seria bom saber quem era, ou melhor, quem tinha sido. Tinha namorada? Trabalhava ou estudava? Onde morava? Do que gostava? Como tinha morrido? Essa última questão veio acompanhada de calafrios. Teria sido uma morte violenta? Por que o tenente Duran y Toledo lhe mostrara aquelas fotografias horríveis?

— Tudo bem? — ela perguntou, observando sua súbita apreensão.

— Preciso ir... ao banheiro... — anunciou ele.

— Ali no fundo, segunda porta à direita.

Roneldick ergueu-se.

— Alguma vez pensou que ia dizer uma coisa dessas depois de morto, Dick?

O menino sorriu e caminhou sobre o tabuleiro de xadrez até o local indicado. Era a mais pura verdade: tirando o fato de estar morto, era tudo normal. Ou quase. Mas fome, sede e vontade de aliviar a bexiga estavam presentes, já havia experimentado. Um bom começo.

A placa com o desenho de uma cartola indicava a porta do banheiro masculino. Abriu-a com rangido contínuo das dobradiças. O ambiente seguia o padrão desleixado da Lancho-Nat. Na parede da direita, três pias amplas, quadradas, com o espelho em fita. Na parede do fundo, três mictórios redondos. Na parede da esquerda, três cabines. No ar, o cheiro era de desinfetante de limão. Foi até o fundo da peça. Sobre os mictórios, um conjunto de basculantes deixava vivos os sons da rua. Chovia ainda. Nos azulejos brancos, alguns números, nomes de pessoas, frases sem sentido. *Onde estão os cachorros? Aqui não há aviões. Um morto esteve aqui e não acreditou em tamanha ironia.*

Lavou as mãos e as enxugou com toalhas de papel pardo e áspero. Olhou-se no espelho. Ajeitou o cabelo, conferiu a situação da acne na testa. "Bem que elas podiam ter morrido." Inspecionou os dentes, certificando-se de que nada do lanche havia ficado preso por ali. Respirou fundo, buscando ânimo. Precisava de roupas novas e secas, tinha muita coisa a perguntar, muito a descobrir, desconfiava, no entanto, que estar junto de Bernardete era sua prioridade no momento. A presença da moça o reconfortava, o distraía de problemas de ordem prática, como saber como iria pagar a conta, onde passaria a noite, o que faria ali em Mortópolis.

Regressou. Nat fritava algo na chapa. Colunas finas de fumaça escapavam do interior da cozinha. No reservado junto à porta, um casal de mãos dadas cochichava, dava risadinhas. Pareciam apaixonados. Roneldick apontou com discrição para eles e disparou:

— O que vai acontecer ali? Vão casar e ter filhos?

Sua intenção era fazer piada. Porém não alcançou seu objetivo, pois sua voz saiu amarga.

— Eles buscam a companhia um do outro — respondeu ela, paciente. — Por aqui isso é bem valioso, Dick.

Deu-se conta da inconveniência e tentou consertar rápido. Usou o óbvio.

— Bernardete, eu preciso saber uma coisa de você.

— Claro, seu eu puder ajudar.

— Por que seus olhos são tão azuis?

— É algum tipo de cantada, Dick? — ela sorriu com o cantinho dos lábios.

Ele gesticulou seu "Não" com as mãos, o rosto cobriu-se de calor, as palavras se atropelaram na garganta. Por razão ignorada, se considerava péssimo no departamento "Cantadas". A moça começava a simpatizar de verdade com o recém-chegado.

— É que... eu consigo... — tentou transformar em palavras seu constrangimento. Respirou. — É que eu consigo ver a cor de seus olhos. São azuis.

Ela contraiu o rosto.

— Sério? Não está enxergando tudo preto e branco?

— Sim, tudo, menos seus olhos.

Bernardete aguardou ele acrescentar ou confessar algo.

— Estranho. Tem certeza, Dick? Não é uma brincadeira sua? — seu rosto se transformou. Saiu do cordial e foi até o intrigado. Ela se lembrava do azul.

— Tenho certeza. Azuis, lindíssimos. Não! — tentou se corrigir.

— Quer dizer... eu só...

Ela não prestou atenção ao elogio. Também não pôde prosseguir. A sineta voltou a se manifestar. Desta vez era o tenente Duran y Toledo. Sacudiu a chuva do paletó e do chapéu. Bernadete levantou e cedeu lugar ao policial.

— Seja boazinha, meu anjo — falou à garçonete e estendeu-lhe a xícara. — Esquente meu café, sim? Depois o coloque em um copo para viagem.

— Claro, tenente. Considere feito — lançou um último olhar intrigado sobre o menino antes de sair.

— Ela é a mais doce doçura das meninas doces, não é mesmo?

Roneldick assentiu. O tenente abocanhou a primeira rosquinha. Fechou os olhos e produziu sons prazerosos.

— O que achou do hambúrguer do Nat? Não é maravilhoso?

— Maravilhoso — concordou.

Outra mordida. Em seguida, chupou a ponta dos dedos, deixando-os livres do excesso de açúcar. Encarou o jovem e anunciou:

— Meu jovem, tenho boas e más notícias para você.

Ondas de frio tomaram conta do menino.

— A boa notícia é que você, oficialmente, não é mais suspeito de nenhum crime.

— E a má?

O policial suspirou, coçou o canto do bigode com a unha do polegar.

— Na verdade, são duas más notícias. A primeira má notícia é que, bem, você morreu, como já demonstrado. E a segunda má notícia é que, tudo indica, houve um terrível engano.

Capítulo 7

A chuva chegara ao fim. Deixara poças ao longo da cidade. Estava escuro agora, fazia calor. Do alto dos postes de ferro fundido, lâmpadas a vapor de mercúrio distribuíam iluminação ao longo da avenida. A movimentação de pessoas nas calçadas havia aumentado, assim como o número de automóveis, ônibus e caminhões em circulação. Chryslers, Austins, Plymouths, Morris, Fords, Vauxhalls, Oldsmobiles, Opels, Cadillacs, Simcas, Chevrolets, entre outras marcas. Pela avenida também trafegavam táxis Desoto e ônibus GMC.

— Você vem, garoto? — o tenente perguntou no meio-fio.

Roneldick Silva permanecia parado em frente à Lancho-Nat. Observava o exterior com a intensidade de um cientista. Mesmo os reflexos nas calçadas o fascinavam. Embora não houvesse cor, os objetos, as pessoas, suas roupas antiquadas, os veículos escuros, os fios telefônicos e de eletricidade formando teias entre os postes, os anúncios luminosos, tudo, tudo o aturdia. Tinha perguntas sobre os elementos desfilando diante de seus olhos. Individualmente. Concluiu que levaria muito tempo até se acostumar. Ou talvez nem precisasse. "Ele não disse que houve um terrível engano?"

— Vamos, garoto, quero chegar à Prefeitura ainda hoje.

O policial tomou outro gole do café e caminhou em direção ao Ford Coupe modelo 1940 estacionado mais à frente. Gotas da chuva cobriam a carroceria negra. O menino se aproximou, admirado com o design. Antigo, não tinha dúvida, no entanto charmoso. A tampa do capô formava uma linha reta olhando-se de perfil, afunilava na frente quase como a quilha de uma embarcação e terminava com grades prateadas na linha dos faróis circulares.

Gomos arredondados cobriam as rodas dando aspecto invocado ao automóvel. A parte traseira fascinou Roneldick, a silhueta descia em curva sensual até o para-choque.

— Uau...

— Tem razão, meu jovem, ele é uma beleza. Atende pelo nome de Demolidor Noturno.

— Sério?

— A srta. McCartney o batizou. Longa história. Outra hora eu conto. Agora precisamos nos mexer. Entre.

O menino reparou no fino friso prateado percorrendo toda a lateral do carro. Abriu a porta e se acomodou no assento não muito macio. Reparou no assoalho reto, onde se destacava apenas a palanca de câmbio, uma barra fina e alta. O painel era limpo. Ao centro, a grade com o rádio pendurado e, no lado esquerdo, por trás do volante, o velocímetro dentro de moldura retangular. Observou os pedais. A embreagem e o freio pareciam dois pontos e vírgulas, enquanto o acelerador se assemelhava a uma barra estreita levemente inclinada à direita. Aos olhos do menino, o volante redondo pareceu enorme. Olhou para trás. O carro era confortável para duas pessoas.

O tenente Duran y Toledo resmungou qualquer coisa antes de entrar. Acomodou a caixa de papelão com suas rosquinhas sobre o painel, bebeu mais um gole, bateu a porta. Engatou a primeira marcha, ligou o motor e começou a conduzir sem muita pressa. Mesclou-se ao tráfego, guiando apenas com a mão direita. Com a esquerda tomava a bebida.

— Como expliquei, o pessoal da Prefeitura talvez nos diga alguma coisa — informou.
— Tomara que sim — Roneldick reprimiu o sorriso. Não queria exibir seu otimismo. Na verdade, gostaria de demonstrar indignação. "Terrível engano?" Queria saber quem era o gerente, o supervisor. Será que ali haveria Serviço de Atendimento ao Consumidor? 0800?
— E a dor de cabeça, garoto? Passou?
— Passou. Ainda bem. Estava me matando.
O policial contraiu os cantos da boca.
— Ótimo. Mais alguma lembrança?
— Tem essa música...
— Música, ahn?
Virou à direita em outra avenida, um pouco mais movimentada, três pistas em cada mão, algumas buzinas soando ao longo da via asfaltada. Cinemas, butiques, teatros, bares, cafés, livrarias, lojas de bebidas, cassinos. Por toda parte, pessoas entrando e saindo daqueles lugares, sorridentes, conversando, fumando, descontraídas. Não demonstravam desconforto aparente pelo fato de estarem mortas e em um mundo preto e branco. Seguiam com suas... vidas..., embaladas talvez pelos mesmos sonhos e sentimentos que possuíam quando desfrutavam a existência anterior.
— É comum, tenente?
— Não muito. Mas acontece — enfiou a mão direita na caixa sobre o painel e retirou uma rosquinha. Foi pilotando com o antebraço. — Algo além da música?

— Sim, alguém, uma mulher, só que não consegui ver o rosto.
— Viu só alguns detalhes? Como a mão, o cabelo, a orelha?
— Isso.

Bebeu outro gole do café. Não disse nada. Era um caso estranho, sem dúvida. E duvidava que alguém no emaranhado burocrático da Prefeitura pudesse resolver aquela situação pouco usual. Começava a pressentir: "A situação toda vai cair em meu colo, serei obrigado a lidar com ela". Até simpatizava com o garoto, mas era tenente do Departamento de Capturas, não babá.

— Aquela lá era a Rua Principal. Agora estamos na Silverado — falou, com ar de guia turístico. — É aqui que o agito acontece, como você mesmo pode ver.

Da calçada, um grupo de garotas acenou para Roneldick. Ele respondeu com gesto contido, mal ergueu a mão. Elas sorriram e começaram a se cutucar, mexer nos cabelos presos em penteados complicados.

— Aqui em Mortópolis, quer dizer, na Cidade, as coisas são normais?

— Sim, garoto. Bem normais. Lembra o tapa que eu dei em você? Pois é. Se você se meter a engraçadinho com alguma daquelas mocinhas ali atrás, pode acabar com o olho roxo — chupou outro gole do café já morno. — Os namorados são sempre ciumentos — disse ele. — Neste e em qualquer outro mundo.

Roneldick observou o enorme prédio em estilo *art déco*. A marquise abaulada chegava até a altura da Silverado, cobrindo a calçada. Por cima, a torre cilíndrica de quatro pavimentos em concreto e vidro. "Palace". As letras piscavam contornadas por lâmpadas vibrantes. Os cartazes davam as opções: *Fantasia*, de Walt Disney; *O falcão maltês*, de John Huston; *Cidadão Kane*, de Orson Welles; *Casablanca*, de Michael Curtiz. Filas em todos os guichês. Pessoas animadas em busca de seus bilhetes. Seria sexta-feira? Sábado? Mesmo sem ter plena certeza ou memória, imaginou gostar de cinema. Isso o levou a projetar a cadeia de possibilidades: namorada, amigos, festas, escola, família.

— Se aconteceu mesmo um engano, significa que vou voltar, certo? — perguntou de súbito, a voz rascante. Impossível conter por mais tempo a ansiedade.

— Se dependesse de mim, garoto, eu o colocaria num trem de volta para casa. Agora mesmo — cofiou o bigode. — Vamos ver o que o pessoal da Prefeitura diz.

Roneldick girou a manivela, baixou o vidro, deixou o ar noturno bater em seu rosto.

— O senhor não me respondeu — falou.

O homem suspirou. Simpatizava com o menino, esperava não ter nenhum tipo de problema. E às vezes acontecia. Um surto, uma inconformidade, histeria, choro, suicídio, fuga. Já vira as mais variadas reações. Nenhuma era bonita, incluindo-se aí a aparente conformidade. Em muitas oportunidades, aqueles que pareciam aceitar a situação de modo pacífico se transformavam nos casos mais complicados porque escondiam seus reais sentimentos. Precisava estar sempre atento. Mas até onde podia perceber, o menino demonstrava inteligência e a dose segura de aflição.

— É, garoto, você tem razão. Eu não respondi — voltou a suspirar. Lambeu a ponta açucarada dos dedos. — O que eu posso dizer é que as coisas não são simples assim.

— Mas se foi mesmo... engano...

— Escute, garoto, você não pode simplesmente ressuscitar lá em cima, compreende? — falou, com certa impaciência.

— Mas... nessa tal Prefeitura...

— Vamos ouvir o que eles nos dizem. Precisamos trabalhar com fatos, não com especulações, está bem?

O menino se calou. "Fatos...", resmungou, em pensamento. "Não quero saber de fatos, quero saber de soluções." E se voltasse? Recuperaria a memória? Ou seria um amnésico? Vivo, mas sem saber quem era nem para onde ir. Ponderou por instantes se não daria no mesmo. Só por instantes. "Mil vezes estar vivo que morto."

— Já aconteceu outras vezes? — ouviu-se perguntar.

— Você diz um engano?

— Isso.

O tenente pensou, terminou de tomar o café. Assentiu.

— É raro, mas acontece.

Sinalizou com o braço e virou à esquerda em manobra próxima à imprudência. Roneldick viu a expressão contrariada do motorista de táxi que foi ultrapassado. Na esquina, a placa informava: Avenida Sacramento. Mais estreita e menos movimentada. Percorreram uma fileira de prédios comerciais fechados nos dois lados da via. Aí a praça à direita com árvores baixas, bancos de pedra e caminhos sinuosos feitos de basalto. Tinha a extensão de um campo de futebol. Depois da praça, a imponente edificação. A base, quase tão extensa quanto a praça, era retangular, tinha dois pavimentos com granito escuro na fachada. Os próximos quatro pavimentos ficavam em um retângulo menor, de concreto claro. Ao centro o bloco também retangular, com outros seis pavimentos. Todas as janelas eram estreitas e altas. Junto à platibanda frontal, um enorme relógio quadrado com peças de granito escuro no lugar dos números. Ponteiros de aço marcavam o começo da noite.

— Chegamos — o tenente Duran y Toledo falou ao estacionar o Ford Coupe em frente à escadaria de pedra.

Tão logo desceram, um guarda uniformizado girando seu cassetete de madeira se aproximou. Cumprimentaram-se.

— Ei, Herbie! — o homem saudou e tocou o quepe.

— Ei, Jacques!

Ele era magro, alto, as costas encurvadas. A barba rala dava-lhe aparência de qualquer coisa, menos de guarda. Também levava na cintura um coldre de couro claro, fechado com botão de pressão. Dentro o cabo de madrepérola da pistola.

— Anda atrás de pirralhos agora, Herbie? — e riu.

— Cuidado, Jacques. Ele é muito mais esperto que todos os gorilas uniformizados que conheço.

O guarda esticou o lábio inferior.

— Sem algemas, ahn? — observou. — Esse daí deve ser uma figura e tanto.

Roneldick teve vontade de dizer: "Por que não vai se catar?". Ou: "Que tal cuidar da sua ronda?".

— Que tal cuidar de sua ronda, Jacques? — o tenente falou.

— Boa ideia, tenente. Estou precisando encher meu bloco de multas — e apontou o Demolidor Noturno com o queixo.

— Ora, vamos, Jacques. Estou a serviço, está bem?

— Claro, claro — voltou a examinar o menino, sobretudo as roupas dele. Seu olhar estava impregnado de desconfiança. — E o capitão?

— Um doce, como sempre.

— O que ele fez? — ficou girando o cassetete em contínuo malabarismo.

— A srta. McCartney manda lembranças — desconversou.

— Não vá se meter em encrencas em minhas ruas, garoto espertinho — cessou o movimento e cutucou-o no peito com sua ferramenta de trabalho.

Roneldick não teve tempo de reagir.

— Vamos, garoto, não dê atenção a ele.

A risada do guarda ficou ressoando atrás dos dois. Subiram os degraus até a porta giratória de quatro divisórias. Vidro e molduras de metal.

— Qual é o problema dele? — perguntou, ao passar para o interior do prédio.

— Esquece, garoto — e levou o indicador à aba do chapéu, cumprimentando o homem engravatado atrás do balcão de mármore. Dirigiu-se até os elevadores no lado direito do saguão. Quatro portas escuras.

O saguão de linhas retas tinha a frieza da pedra quebrada por detalhes em metais e madeira e pelos lustres de cristal. A porta giratória livrava o ambiente dos ruídos da Avenida Sacramento, bem como mantinha o conforto térmico. "Pelo visto, o expediente aqui é 24 horas", especulou. A porta se abriu. Entraram, uma cabine de bom tamanho, capaz de acomodar oito pessoas sem muito aperto. Nada de espelhos. Apenas revestimento de madeira e o painel metálico. O tenente apertou o número 7.

Subiram em silêncio, acompanhados apenas pelo zumbido da ascensão. O tenente não via a hora de encerrar o turno de trabalho, voltar para sua casa, sentar-se na varanda, escutar um de seus discos e beber o seu melhor *bourbon* antes de se espichar na cama. Já Roneldick fazia força e não conseguia reprimir pensamentos otimistas. "Roneldick Silva? Ah, que bom vê-lo! Sim, já está tudo pronto. Pedimos milhões de desculpas pelo inconveniente. Você será levado de volta à outra vida agora mesmo."

— Vamos — disse o policial da Capturas, quando a porta do elevador se abriu.

Era um salão imenso. Dezenas de pessoas trabalhavam em mesas robustas. Falavam ao telefone, redigiam em máquinas de datilografia ou investigavam pilhas de processos. "Parece a Delegacia", o menino constatou. "Só que maior, menos barulhenta e sem tanta fumaça." O pé-direito alto aumentava a sensação de imensidão. Acompanhou o tenente até junto do balcão de mármore. Ele bateu com o dedo no pino da sineta metálica, **plim-plim**.

O homem calvo e robusto, metido num terno impecável, apresentou-se. Deu boa-noite aos dois e sorriu aguardando.

— Temos uma situação aqui — disse o tenente. Mostrou o distintivo e retirou do bolso interno do paletó um papel dobrado duas vezes.

— Deixe-me ver — falou o outro, abrindo o papel. — Processo SDH27051894 — murmurou e seguiu lendo. Movia os lábios, sem emitir som. A intervalos, balançava a cabeça de modo quase imperceptível.

A expectativa se manifestou dentro do peito do menino na forma de um tambor nervoso. Era como aguardar a sentença do juiz ou o veredicto do médico diante de seus exames clínicos. Desde que acordara morto, Roneldick encontrava surpresas e expectativas a cada segundo. Lembrou-se que experimentara calma apenas na Lancho-Nat, enquanto conversava com Bernardete, a dona dos olhos azuis mais belos da História. Viu o homem calvo torcer a boca. Estremeceu. "Epa, aí vem bomba..."

— Só um instante — ele cochichou, parecia muito compenetrado. Pescou um telefone preto e discou três números. Aguardou. — Alô? Sim. Verifique, por favor, o processo SDH27051894. Sim, sim, final 94 — tapou o bocal do fone e falou para o policial: — Estão checando...

— Alguma chance de resolvermos isso rápido?

O homem calvo mostrou-lhe o indicador, pedindo-lhe um momento. Estava ouvindo. Repetiu o número do processo. Balançou a cabeça, agradeceu e desligou.

— Lamento. O caso SDH27051894 entrou em fase de análise.

— Maldita maldição...

— O que...? — A apreensão de Roneldick tornou-se sólida.

O homem calvo girou levemente a cabeça na direção das dezenas de pessoas.

— Lamento, tenente. Fazemos o melhor possível. E nunca é rápido o bastante. O senhor sabe. Sinto muito. — Inclinou o tronco, abriu uma gaveta, retirou um formulário, carimbou-o, entregou ao policial. — Siga com o procedimento padrão, tenente.

Ele apanhou as folhas, agradeceu e caminhou de volta ao elevador.

— E o que acontece agora? — Roneldick quis saber.

O policial suspirou, passou a unha pelo canto do bigode.

— Primeiro, vou acomodá-lo no hotel. Depois vou atrás de um assassino.

Capítulo 8

No carro.

— Calma, garoto — pediu o tenente, ao entrarem de novo no fluxo. — Vamos com calma. Vou explicar.

Roneldick Silva precisava mais que nunca de boas explicações. Afinal havia acordado dentro daquele pesadelo com visual retrô, não se lembrava de nada, via tudo em preto e branco, exceto pelo azul nos olhos da moça bonita da lanchonete. Não bastasse isso tudo, estava morto, fato com o qual, inclusive, já se conformara. Porém, mesmo tendo se esforçado, fora contaminado pelo vírus da esperança, pelo bacilo do otimismo: um terrível engano ocorrera. As autoridades competentes que corrigissem o erro. Não estava ali por vontade própria. E queria sair de Mortópolis tanto quanto precisava de esclarecimentos.

— Lembra-se das fotos?

— Com as pessoas mortas? Sim, lembro. Fotos horríveis.

O policial tentou escolher as palavras.

— De algum modo que eu não sei explicar, achamos que você tinha que ver com aquilo.

— Eu? — a pergunta foi gritada.

Dobrou o Ford Coupe à direita. Outra fileira de prédios comerciais fechados. Cinzentos, desalinhados, a fuligem se acumulando nos batentes das janelas. Pouquíssimas pessoas circulando pela vizinhança. Até mesmo os postes com iluminação escasseavam.

— Sim, você, garoto.

— Mas eu não fiz nada! — sua indignação permanecia em alta voltagem.

— Acalme-se, meu jovem. Eu acredito em você. Tenho alguns anos de experiência. Ninguém consegue me enganar na Sala de Interrogatórios. Alguns me chamam de Detector de Mentiras Ambulante.

Para o menino, ali estava a confissão: o policial confirmava que ele era inocente, nada tinha que ver com os assassinatos, portanto, nada mais lógico que supor a pronta devolução a seu estado de origem. E sua situação anterior se chamava Vida. Qualquer juiz da Cidade concordaria. Bateria o martelo no balcão e determinaria seu retorno imediato. Caso encerrado.

— Eu preciso de um advogado? — indagou, desnorteado.

Duran y Toledo riu.

— Nem mesmo os advogados podem fazer muita coisa por você agora, garoto. Lamento informar. Mas é a mais pura verdade.

— E o...?

— Bem, pelo menos até o pessoal da Prefeitura examinar seu caso — resumiu ele. — E antes que me pergunte: não posso dar uma previsão. Você viu como o setor de processos está atolado de serviço.

Roneldick levou as mãos ao rosto. Tratou de obscurecer a visão na tentativa de se afastar de Mortópolis. Se ao menos lembrasse as circunstâncias nas quais tinha morrido, talvez pudesse incrementar sua argumentação. Não seria bom anexar o depoimento do tenente ao processo? Ficar na cegueira momentânea não o ajudou, não serviu de alento. Melhor enxergar o novo mundo no qual se encontrava, por pior que pudesse ser. Então, vindo do nada, a pergunta mais óbvia de todas lhe ocorreu.

— Epa! Espera aí. Eu vim parar aqui no lugar do assassino daquelas pessoas?

O policial virou à direita outra vez. A rua nos fundos do prédio da Prefeitura possuía casas em estilo vitoriano, de aspecto fantasmagórico. Poucas com iluminação. Guiava devagar, o cotovelo esquerdo apoiado na borracha da janela.

— É complicado, meu jovem — disse, sem muito ânimo. — Essa informação ainda está sendo levantada. Não posso afirmar com certeza.

Roneldick não descansou.

— Mas o verdadeiro assassino está aqui em Mortópolis?

— Sim.

— Então... ele morreu também?

— Também.

O menino tentou decifrar o enigma, mas nada de sólido lhe ocorreu. Quanto mais sabia, quanto mais pensava, tantas mais perguntas se avolumavam a sua volta. "Se o assassino morreu, por que só eu acordei no Departamento de Capturas do 10º Distrito?"

— Escute, garoto. Vou falar de maneira bem simples e muito preliminar. Nós supomos que vocês, de alguma forma, morreram juntos, ao mesmo tempo, nas mesmas circunstâncias ou em circunstâncias semelhantes. Definitivamente em local e momento próximos.

Não se pronunciou. Aguardou o policial continuar.

— Isso explicaria a chegada coincidente de vocês. Não que isso aconteça sempre. Nem que estejamos certos. É apenas suposição. Estamos investigando. Só posso garantir é que ele está por aqui. Em algum lugar.

Reduziu a velocidade no cruzamento com a Silverado. Não havia placas de sinalização nem semáforo. Esticou a mão espalmada para fora e se intrometeu no tráfego sob olhares não muito corteses dos outros motoristas. Cruzou a avenida movimentada e luminosa seguindo em linha reta por via de casarios residenciais de dois pavimentos em estilos variados, circunspectos. Gramados na frente davam-lhes aparência familiar. Nada de muros nem de cercas compondo limites.

— Eu morri e acordei no Distrito, certo? — perguntou, vacilante. Começava a temer pelas respostas.

— Errado — falou o policial, com voz clara, como a desenhar as palavras. — Quando as pessoas morrem lá em cima, vêm parar nos necrotérios dos Distritos espalhados pela Cidade.

— E...?

Herbert O'Connor Duran y Toledo estalou a língua nos dentes, suspirou. "É mais fácil caçar fugitivos que bancar o professor", constatou.

— Bem, e aí vocês são catalogados, acordados e encaminhados. Isso, claro, falando de maneira bem resumida, garoto.

— Catalogados?

A palavra ofendeu Roneldick, que chegou a se ver em uma mesa de alumínio coberto pelo lençol branco, a etiqueta presa por barbante no dedão do pé. "Roneldick Silva, quinze anos." Não conseguiu ir adiante em sua projeção. Porque não se lembrava de mais nada capaz de preencher a etiqueta imaginária.

— Bem, precisamos saber quem são vocês, de onde vieram, as condições em que chegaram. É a papelada, garoto. Às vezes também recebemos fotos para auxiliar nossa atividade. Aqui na Cidade, vivemos afogados em papéis. É nossa triste sina.

— Mas... no necrotério?

— Escute, garoto! — impacientou-se. — Lá em cima, quando você estava vivo. Para onde você acha que foi depois de morto?

Silêncio.

— Eu respondo. Você e todo mundo vai parar no necrotério, garoto. Só que em sua antiga realidade, você seria examinado e depois despachado dentro de um caixão e, finalmente, tiraria seu último cochilo na cova. Está seguindo meu raciocínio até aqui? — sua voz se encrespara, tornando o espaço entre eles mais denso. — Aqui vocês chegam ao necrotério e acordam. Essa é a diferença. — Tossiu. — Por quê? Bem, garoto, é assim que as coisas funcionam. E vou lhe dizer algo sério: é melhor ser assim. Já imaginou se vocês, os recém-chegados, acordassem em qualquer lugar? O Departamento de Capturas estaria perdido.

Roneldick avaliou as informações com cuidado, como se estivesse desarmando um artefato explosivo. De certa forma, fazia sentido. As pessoas terminavam e, por assim dizer, começavam no necrotério. Mesmo temendo eventual exasperação do policial, o menino arriscou a pergunta.

— O assassino... ahn... também acordou no necrotério?

— Todos acordam no necrotério, garoto.

Insistiu:

— Mas então...?

— Como ele escapou? — completou a indagação do jovem. —

Ainda não sei, garoto, mas vou descobrir. Ah, pode ter certeza.

O Ford Coupe modelo 1940 virou à esquerda em uma Avenida de duas mãos. Mais carros, mais pessoas na rua, mais iluminação.

— Esta é a Avenida Tupelo. Guarde bem esse nome. Ali adiante é seu novo lar — apontou com o dedo e foi reduzindo a marcha.

Estacionou em frente a um prédio de tijolos escuros. Os três pavimentos indicavam construção sólida. As janelas estreitas ficavam afastadas em nichos nas paredes. Do lado direito, uma escada de incêndio de aspecto frágil pairava sobre o beco escuro, cheio de lixo. No alto, pendurada na fachada, a placa vertical anunciava: Heartbreak Hotel.

— Não é cinco estrelas, mas vai servir por uns tempos. Vamos.

Desceram para a calçada ainda úmida. Roneldick pensava sem parar naquele "por uns tempos" pronunciado de modo tão descompromissado. A marquise de concreto não aparentava muita firmeza. O tenente empurrou a porta de madeira, ela tinha o vidro superior trincado. Sobre ele, o nome do hotel em arco escrito em letras serifadas, elegantes. Havia poucas lâmpadas em funcionamento no lobby relativamente amplo. No lado esquerdo, dois sofás enormes, de quatro lugares, formavam um L defronte à janela do tipo vitrine. Ao centro, a mesa baixa coberta por jornais. À direita da porta de entrada, o balcão de madeira escura. Por trás dele, um móvel no mesmo padrão, onde ficavam pequenos quadrados numerados e suas respectivas chaves. Seguindo em frente, a escada e, ao fundo, o elevador de gaiola, as grades empoeiradas exibindo a placa: "Fora de serviço".

— Não é um encanto de lugar, garoto?

Roneldick preferiu não comentar. Criticar o aspecto decadente do hotel não lhe pareceu muito produtivo, até porque o humor do tenente já dera indícios de estar se deteriorando.

— Onde aquele maldito mentecapto se meteu? — o policial rosnou e socou o balcão.

No mesmo instante, uma porta se abriu sob a estrutura da escada. Dali veio um homem de estatura mediana, rosto redondo e ralos cabelos claros. De olhos sagazes, trazia no canto da boca o cigarro apagado e uma estopa nas mãos. Vestia macacão de sarja, sem camisa. Ele sorriu e então foi cumprimentar o tenente Duran y Toledo.

— Ei, Herbie! — a voz era aguda, beirava o irritante.

— Pavel Yashin, seu cachorro pulguento! Como vão as coisas?

Os dois apertaram as mãos e se deram tapas calorosos nos ombros. Pareciam não se ver havia bastante tempo.

— A maldita caldeira de novo — explicou.

— Ora, não minta para mim. Sei muito bem que você tem um alambique clandestino no porão. Isso ou um cemitério clandestino — e coçou o bigode.

— Ah, Herbie, você sabe, esse é nosso segredo. Por falar em retalhar e enterrar corpos no porão do hotel, quem é o garoto?

— Seu novo hóspede. Chama-se Dick Silva.

O menino permaneceu quieto, sem jeito diante do olhar inquisidor de Pavel Yashin. Sentiu-se um extraterrestre. Sob certo aspecto, era um alienígena, ainda se acostumando à atmosfera, à gravidade, às outras formas de vida que tinha ali ao seu redor.

— Seja bonzinho, Yashin, e o coloque em sua melhor suíte presidencial.

— Claro, Herbie, aqui sempre damos o melhor aos clientes. Quanto tempo de estada?

O tenente olhou o jovem, refletiu, puxou os papéis do bolso interno do paletó.

— Temos um caso especial aqui, meu velho — estendeu-lhe o documento.

Ele sabia o que o policial queria dizer com "caso especial". Seu hotel recebia "casos especiais" com alguma frequência. Não era o tipo de procedimento de sua preferência, porém negócios eram negócios.

— Procedimento de rotina... — falou, ao passar os olhos pelo teor do processo. — Também vou cobrar da Prefeitura o preço de rotina — sorriu. — Vinte pratas por semana.

— O que é certo é certo — e virando-se para o menino: — Bem, garoto, por enquanto é isso. Vou deixá-lo em boas mãos.

— Mas...

— Não se preocupe. Amanhã nos encontramos aqui e vamos resolver tudo — sua voz não saiu convincente, por isso pousou a mão no ombro magro de Roneldick e o sacudiu como se acrescentasse "Ânimo, garoto, tudo vai ficar bem".

Fez leve continência para o conhecido e deixou o hotel. O menino observou-o sair, entrar no Ford Coupe e arrancar. De forma inesperada, sentiu-se vazio. Mal ou bem, o tenente era sua maior referência em Mortópolis. Vê-lo partir deixando-o naquele local novo, um tanto sombrio, na companhia do homem com o cigarro apagado no canto da boca, definitivamente não era o que esperava. Para piorar a situação, a frase ainda repercutia em sua mente: "Retalhar e enterrar corpos no porão do hotel". Ouviu o tilintar e virou-se. Pavel Yashin balançava a chave. A pequena placa metálica de bordas arredondadas estampava o número 35.

— Último andar, corredor da direita — indicou a voz aguda.
— Não tem como errar. Se precisar de algo, por favor, não me chame. E tenha bons sonhos.

Apanhou a chave e o homem voltou ao que estava fazendo no subsolo. Roneldick começou a se arrastar escada acima. Os degraus antigos de madeira gemiam a cada passo, um gemido fininho, cansado. O corrimão também de madeira tinha o lustre de mil mãos. Não era macio nem possuía tal reflexo por conta de algum produto milagroso. "Muita gente já passou por aqui", deduziu. "Todos mortos e desorientados como eu." A iluminação durante sua penosa ascensão não melhorou muito. Lâmpadas queimadas deixavam os corredores e a própria escada envoltos na imprecisa semiclaridade. Podia ver quase tudo. Cantos ficavam ocultos em sombra e ele lutava, não desejava pensar nesses pontos. Achava que na escuridão nasciam apenas coisas ruins.

Com algum esforço, alcançou o último pavimento. À direita, ele dissera. Junto ao guarda-corpo, espiou para baixo. A fenda no miolo da escada deixava ver uma estreita faixa do saguão mal iluminado. O suave cheiro de mofo pairava no ambiente. Havia duas portas na parede da direita e outras duas na parede da esquerda.

Os números metálicos estavam pregados no alto da porta, quase junto ao marco superior. "E se eu fugisse?", considerou, ao se aproximar do quarto. Mas, sabia, não tinha para onde fugir. Enfiou a chave no buraco da fechadura. Girou-a com ruído e abriu a porta. Ligou a luz e surpreendeu-se com o tamanho do quarto. Trancou-se ali dentro. A cama de casal com guardas de madeira dominava a habitação. No lado esquerdo, um armário pesado e a porta de acesso ao banheiro. Do outro lado, uma mesa estreita, uma cadeira e a janela que dava para a escada de incêndio sobre o beco. A paisagem era a lateral de tijolos do prédio vizinho. Esticando-se poderia ver a Avenida Tupelo. Investigou a roupa de cama e não encontrou percevejos nem pulgas. Apenas o lençol de tecido agradável e limpo. Ligou a luz do banheiro e nada de baratas nem ratazanas incomodadas com a presença do hóspede. Louça branca, grande, e uma cortina demarcando a área do chuveiro. Ligou o registro e logo a água quente começou a emitir vapores. Tirou a roupa e tomou um banho demorado. O sabonete era grande, branco, retangular. Bastante perfumado.

Secou-se e se enrolou na toalha. Esforçava-se, não queria pensar em mais nada, estava exausto. Sentou-se na beira do colchão. Era de molas, percebeu, e elas fizeram-lhe um irresistível convite. Deitou apenas como teste. Fechou os olhos e o escuro apossou-se dele. Enquanto deslizava para o sono profundo, ainda conseguiu especular: "Os mortos conseguem sonhar?".

Capítulo 9

Abriu os olhos ao escutar o ruído intermitente. Por alguns segundos, não entendeu do que se tratava. De novo: três pancadas. Ergueu a cabeça e visualizou a porta em frente à cama onde permanecia deitado, com a toalha enrolada na cintura. Luz acessa, claridade baça entrando pela janela. Onde estava? O pânico da pergunta logo se dissolveu. Sim, estava no Heartbreak Hotel. Isso o aliviou. Lembrava quando chegara ali. Apoiou-se nos cotovelos, tudo já entrando em foco e em preto e branco. Respirou com força, coração ainda aos pulos, pensamentos começando a ganhar ordem. Conseguiu até perceber a natureza de sua contradição. Como podia estar aliviado quando se encontrava em estado de óbito?

— Quem é? — perguntou com voz imprecisa.

Já ia repetir, quando ouviu:

— Seu vizinho do 37.

Roneldick ficou sem saber o que fazer. Instintivamente recolheu o lençol e o usou como capa. "Eu estava dormindo, pelo amor de Deus", teve vontade de dizer.

— Tem uma coisa para você aqui fora — a voz explicou.

— Espera — falou, contrafeito.

Afastou as pernas do colchão, respirou fundo de novo. Por mais estranho que pudesse parecer, sentia-se bem. As horas de sono apresentaram sua consequência reparadora. Nada de dor moendo o interior de sua cabeça, um pouco de fome apenas. "Devo ter apagado mesmo", deduziu, avaliando o modo como dormira. Não tinha relógio, mas conseguia presumir ser bem tarde da manhã, ou da penumbra, como eles chamavam o dia em Mortópolis.

Levantou e caminhou até a porta, arranjando da melhor maneira o lençol sobre o corpo. O assoalho de madeira proporcionava contato confortável para a planta de seus pés descalços. Mais três batidas na porta.

— Estou indo — reclamou.

Destrancou e abriu a porta. Ali estava um senhor de barba e cabelos brancos. O rosto era comprido, encovado. Nos lábios finos, o sorriso enigmático que pouco dizia. Era sorriso ou carranca? Vestia terno escuro, puído. A gravata-borboleta acentuava seu gogó pronunciado. Trazia nos braços um embrulho em papel grosseiro amarrado com barbante.

— Dick Silva, eu presumo — disse ele.

— Oi — saudou-o, sem muito entusiasmo. Cautela pareceu-lhe a melhor opção.

O visitante olhou-o dedicando especial interesse à excêntrica vestimenta.

— Permita que me apresente. Zacharias Amundsen, a seu dispor — e esticou a mão direita por baixo do embrulho.

Retribuiu o cumprimento. A mão dele era macia e quente.

— Por um momento, achei que você fosse Nero em pessoa — e riu com os lábios contraídos, produzindo som abafado e grave.

O menino não compreendeu.

— Não importa, meu rapaz — recompôs a expressão sisuda. — Tome, isso lhe pertence.

Roneldick obedeceu. Não era leve nem pesado. "Um cobertor?", especulou. O número 35 estava escrito no papel. Só então percebeu que o homem usava bengala. Toda em madeira, exceto pelo castão em bronze no formato de cabeça de águia.

— O sr. Pavel Yashin bateu duas vezes em sua porta, mas acho que você não escutou.

— Ahn... eu não ouvi nada...

— Na segunda vez, ele deixou o pacote aqui. Acho que a escada aborrece o sr. Yashin. Já sugeri que conserte o elevador, mas essa não parece ser uma de suas preocupações mais prementes. — Limpou a garganta em tom solene e bateu com a bengala duas vezes no assoalho, sublinhando o final do encontro. — Bem, acho que é tudo, meu rapaz.

— Ah, obrigado.

— Passar bem.

O menino fechou a porta e colocou o embrulho sobre a cama. O nó estava apertado demais, teve de puxar o barbante até um dos cantos do embrulho para abri-lo. Aí a surpresa.

— Roupas...

Bem diferente do jeans, da camiseta e dos tênis jogados de qualquer jeito no ladrilho do banheiro. Ali estavam uma cueca samba-canção, regata, camisa social de mangas compridas e o terno, que lhe pareceu bege ou marrom-claro. Havia também um cinto de fivela metálica, gravata de listras diagonais, sapatos pesados e, dentro do pé direito, uma escova de dentes e um creme dental. Havia também um par de meias e seu respectivo suspensório. Roneldick examinou-o e ignorou sua utilidade.

Estendeu as roupas e as observou com desânimo. "Vou ter de usar isso?" A opção era suas roupas úmidas e malcheirosas.

— Droga...

Apesar da inconformidade, atirou-se à tarefa de se vestir. Deixou de lado apenas a gravata e o enigmático suspensório. Estranhou sobretudo a calça de cintura alta, na altura de seu estômago. Os sapatos, embora pesados, eram confortáveis. Olhou-se no espelho do banheiro. Parecia um adulto jovem e surpreendeu-se com o resultado. Achou-se elegante. Escovou os dentes, lavou o rosto, umedeceu os cabelos e se considerou pronto para encarar o que viesse pela frente. Então, outro flash espocou por trás de seus olhos. Viu-se um pouco mais jovem, talvez com dez anos, em frente ao espelho. Uniforme escolar. Mas não foi isso que lhe chamou a atenção. A apreensão diante do primeiro dia na escola nova. A mesma sensação experimentada no interior do quarto 35.

Respirou fundo. "Uma coisa de cada vez", decidiu. Apalpou-se em busca de uma carteira de identidade, de dinheiro, de qualquer coisa. Não tinha nada consigo nem nas roupas de sua chegada. "Será que me tornei aquele número? SDH27051894?" A alternativa mais lógica era descer, tomar café da manhã e pedir ao dono do hotel para chamar o tenente Duran y Toledo. Por algum motivo que não saberia explicar de maneira consciente, confiava no policial. Intuição?

Enquanto descia os degraus do Heartbreak Hotel, imaginou se chamavam o café da manhã de café da penumbra. Ou seria café da meia-luz? Café do lusco-fusco? No trajeto, também forçou-se a aprofundar aquela repentina memória. Devia ser de sua casa. Porém nada além da imagem refletida surgia em sua recordação. Um carpete, um quadro, uma porta. Nada. Só Roneldick com dez anos de idade. Não viu movimento de outros hóspedes ou de camareiras. Apenas o perene cheiro de mofo e sons vindos da Avenida Tupelo.

Pavel Yashin estava atrás do balcão lendo o jornal. O cigarro apagado seguia no canto da boca. Saudou-o com um "Ei, garoto" quase inaudível e não tirou os olhos das notícias.

— Oi... Ahn... Onde é o salão?

— Que salão? De beleza? — e riu baixinho.

— Salão do café da manhã — o menino explicou.

Só então que o gerente do Heartbreak Hotel dignou-se a encarar o hóspede.

— Está de gracinha comigo, garoto?

Como não obteve resposta, apenas o olhar atônito do jovem, o homem de macacão acrescentou:

— Não servimos café por aqui.

A informação desconcertou Roneldick Silva. E agora? Com fome e sem dinheiro? "Mortos precisam de uma boa refeição logo pela manhã", teve vontade de reclamar. "Que espécie de espelunca é esta?" Mas ficou quieto, os lábios separados prontos a dar vazão a suas reclamações.

— Ah, antes que eu me esqueça: Herbie pediu para você encontrá-lo na Lancho-Nat assim que ressuscitasse.

Precisou de um momento até compreender o verbo e seu gracejo ali embutido. "Dormi tanto assim?"

— Ele esteve aqui?

— Sim. Veio trazer sua beca nova — avaliou como o terno havia ficado. Não fez nenhum comentário. — Você sabe como chegar ao cafofo do Nat?

— Nem ideia.

Pavel Yashin voltou a olhar o jornal.

— Muito fácil. Pegue a direita e desça até a Rua Principal. São quatro quadras. Na Principal, dobre a direita de novo e logo vai ver.

Roneldick repassou o itinerário mentalmente e agradeceu ao homem. Não recebeu mais nenhuma atenção. Cruzou o saguão, passou pela porta de vidro trincado e ganhou a calçada. O dia, ou a penumbra, não estava tão quente. A claridade mal tinha força para formar sombras. Não havia sol e a fonte natural de iluminação de Mortópolis pareceu-lhe um grande mistério. Vestido como estava, não chamou a atenção de ninguém. A movimentação de automóveis era menos intensa que na noite anterior. Pelas vitrinas, via os estabelecimentos comerciais no que parecia ser um dia como outro qualquer.

— Com licença — disse, se interpondo a uma mulher loira, de traje elegante.

— Pois não.

— A senhora pode me dizer que horas são?

A mulher olhou o pequeno relógio de pulso.

— Dez para as três — sorriu atenciosa, e já ia continuar quando ouviu nova solicitação.

— Que dia é hoje?

Ela se interessou pelo menino. Olhou-o com certa compaixão ao compreender a situação do jovem estranho.

— Recém-chegado?

Assentiu com a cabeça.

— Percebi pela gravata.

Roneldick levou a mão ao pescoço de modo instintivo, como se tivesse cometido falta grave.

— É que eu... não sei fazer o nó — desculpou-se.

— Os homens nunca deveriam sair de casa sem gravata, meu jovem. Não se esqueça disso. Um chapéu ficaria ótimo, mas devo dizer que no geral você está bem apresentável. E a propósito, hoje é sexta-feira.

— Obrigado, madame.

Ela seguiu seu caminho. O menino estava intrigado com dois detalhes. Primeiro: como dormira tanto. Seria por causa do cansaço das ocorrências que se desenrolaram após sua chegada? Especialmente aquela envolvendo o sujeito que o havia feito de refém antes de ser morto com um tiro certeiro do tenente Duran y Toledo? Segundo: por que acabara de usar a palavra "madame"? Até onde podia lembrar, nunca a usara antes. Estaria incorporando hábitos e maneirismos dos habitantes de Mortópolis?

Não teve dificuldade de alcançar a Rua Principal. Virou à direita como o indicado e logo adiante estava a Lancho-Nat. Bernardete, a linda garota morta de olhos azuis, estaria lá? Torcia para que sim. Gostaria de vê-la de novo. Seria ótimo conversar com ela.

Empurrou a porta e a sineta anunciou sua chegada. O mesmo cheiro de repolho e cerveja. O local estava vazio, nenhum cliente. Nat espiou da cozinha. Desta vez o charuto babado estava aceso.

— Ei, Dick! O que houve com sua cara? Foi atropelado ou você é feio desse jeito? — e riu sem piedade.

Tentou parecer bem-humorado, o que não era fácil.

— E essas roupas, Dick? Roubou de algum defunto?

Olhou o terno, alisou-o enquanto a risada do outro repercutia entre as quatro paredes. Ia mandá-lo se calar, procurar sua turma, implorar para vestir avental limpo, apagar o mata-rato, mas sua irritação se desfez ao ver a garota sair de dentro da cozinha, carregando uma refeição na bandeja. Ali estava a dona dos olhos azuis, os únicos de Mortópolis, com seu rosto fino de ângulos delicados, a boca com os mais sensuais contornos já vistos. A sósia da atriz Megan Fox sorriu, os cabelos formando ondulações em luminosa cascata escura.

— Ei, Dick — ela falou.

— Ei... — acenou de modo inseguro. O coração acelerou e teve medo de demonstrar todo seu desconcerto com a indesejada injeção de cor no rosto. "Por sorte, é tudo em preto e branco."

— Sente-se, preparei algo especial — ela depositou a bandeja sobre o mesmo reservado que haviam ocupado durante a chuva da noite anterior.

— Isso mesmo, garoto — Nat tirou a garrafinha do bolso traseiro, bebeu um gole curto e continuou: — É por conta do Herbie — e voltou para o interior da cozinha.

Roneldick observou o prato e logo sentiu a boca se encher de apetite. Havia ali tiras fritas de bacon bem seco, ovos mexidos, duas fatias de pão de forma, xícara de café e o pires com a rosquinha açucarada.

— Uou... Isso está com uma cara ótima — pronunciou, apanhando o garfo.

— Garanto que o gosto também está ótimo — ela assegurou. Em seguida acomodou-se no encosto acolchoado. — Deve ter dormido bem, pelo visto.

— Como uma pedra — e atacou os ovos, sem muitos cuidados com a boa educação. Chegou mesmo a pensar em como seu paladar estava mais aguçado. "Coisa de morto?"

Bernardete questionou:

— E o hotel? Gostou?

— Hummm... — mastigou uma das tiras de bacon. — Quarto bem limpinho... Hummm... isso aqui está maravilhoso!

— Eu sei — ela riu. — Fui eu que fiz. Café da manhã é minha especialidade na cozinha.

— Parabéns.

— As roupas ficaram bem em você. Talvez falte um chapéu ou um boné.

— Uma mulher me disse a mesma coisa na rua. É a moda, certo?

Ela confirmou. Ele bebeu um grande gole de café. O desjejum foi consumido com voracidade e não durou muito no prato. Ela ajeitou os cabelos atrás das orelhas, inclinou o corpo na direção do cliente.

— E meus olhos, Dick? Continuam azuis?

— Sim. Azuis e lindos.

Aí já era tarde demais. Roneldick Silva quase se engasgou com o café. Arrependeu-se de ter dito aquilo, embora fosse verdade. Não a queria pensando que... "Droga", lamuriou-se em pensamento. Sua espontaneidade o havia colocado no embaraço a se solidificar em torno deles. Ia dizer algo, não sabia bem o quê, para contornar a situação, mas ela tomou a iniciativa.

— Existe uma história — tentou sorrir, afastar o mal-estar. — Talvez seja mais uma lenda.

— Lenda?

— Sobre isso — ela apontou vagamente para seus olhos. — Sobre alguém conseguir enxergar colorido neste mundo.

— Lenda?

Neste exato momento, a sineta sobre a porta anunciou a chegada de alguém.

— Vejo que está integrado — falou o tenente Duran y Toledo, com sorriso malicioso.

Os dois jovens perderam a fala. Buscaram, cada um a sua maneira, comentários possíveis, mas nada lhes ocorreu. O policial ficou parado junto à porta, não demonstrando sinal de que entraria.

— Terminou, garoto?

— Ahn... sim...

— Então, vamos. Vou deixá-lo na Prefeitura. É sempre bom fazermos pressão, às vezes ajuda.

O menino levantou, agradeceu a Bernardete. Gostaria de ter

dito bem mais que o simples "Obrigado pelo café". Considerou a possibilidade de voltar mais tarde, perguntar se poderiam conversar, talvez irem juntos a algum outro lugar. Ao cinema?

Entraram no Ford Coupe no exato momento em que o rádio no painel emitiu um chiado desagradável. Em seguida, a voz feminina pronunciou:

— Unidade 53. Chamando Demolidor Noturno. Tenente, você está aí?

Ele apanhou o fone, pressionou o botão superior.

— Vá em frente, srta. McCartney.

— Fiz o levantamento que o senhor pediu e localizei dois arrombamentos próximos ao Distrito Industrial. Em um deles aconteceu exatamente o que o senhor...

— Roubo de arma — ele a cortou.

— Isso mesmo! Uma pistola Colt modelo 1911 calibre 45 e um pente extra.

— Algo mais?

— Pode não ser nada, tenente, mas houve a denúncia de distúrbio naquela siderúrgica desocupada.

— Obrigado, boneca. Acho que meu fugitivo está lá. É só um palpite, mas vale a pena checar.

— Tome cuidado, Herbie.

O tenente desligou.

— Dê o fora, garoto. Preciso trabalhar — e apontou a calçada.

Roneldick sentiu uma inédita emoção borbulhar em suas veias. Obedeceu reticente. Ao ver que o homem dava partida e acelerava, não se conteve: pulou sobre o estribo do automóvel segurando-se à janela. O policial freou.

— Dê o fora, já falei.

— Vou junto.

— Nem pensar! Com todos os demônios, isso é assunto policial.

— Não! —rosnou o menino. — É assunto meu!

— Ora, garoto, não torne as coisas mais difíceis.

— Não saio daqui. Vai ter de atirar em mim para me segurar.

— Maldita maldição... — murmurou.

Como não podia perder mais tempo, cedeu. Quando chegasse ao destino, poderia algemá-lo ao carro ou pensaria em algo igualmente eficaz durante o caminho. Roneldick embarcou e o carro disparou pela Rua Principal, deixando nuvem de óleo e borracha queimada.

Capítulo 10

O Demolidor Noturno abriu caminho em alta velocidade por avenidas movimentadas e ruas de aspecto residencial. Um passeio radical com duração de quinze minutos, pontuado por derrapagens, buzinadas, freadas bruscas e guinchos dos pneus sobre o asfalto. A certa altura, Roneldick Silva pensou em perguntar se ele, o carro, não tinha sirene e, se tinha, por que não a usava. Mas preferiu ficar de boca fechada, imaginando tratar-se de estratégia para não espantar o fugitivo. A viagem foi marcada pelo silêncio mútuo, do centro da Cidade até o Distrito Industrial. Nenhum dos dois estava à vontade dentro do automóvel.

No chamado Distrito Industrial, só se viam terrenos amplos, cercados, com prédios de aspecto insosso e sem grandes pretensões estilísticas. Galpões de alvenaria, na maioria das vezes. As ruas eram estreitas, com pouca movimentação de pessoas pelas calçadas. A movimentação maior era de veículos pesados buscando ou transportando mercadorias. Pelo que o menino pôde deduzir, a área ficava no limite geográfico da Cidade. Adiante do Distrito Industrial, só ravinas, rochas, montes e o corpo sinuoso de estradas secundárias.

Tão logo adentraram o bairro, a velocidade foi reduzida e passaram a circular sem chamar atenção. A cada quadra, via-se um furgão que vendia café e lanches rápidos aos operários. Nada parecia fora de ordem, diferente da rotina. O tenente estacionou a poucos metros do portão de entrada da velha siderúrgica, sem desligar o motor, ainda indeciso quanto ao melhor posicionamento da viatura. O prédio maior era construído de tijolos aparentes. Do telhado de duas águas, quatros chaminés imensas apontavam para o céu, ou melhor, para as nuvens eternas. No pátio se via o ramal de alguma ferrovia, o desenho dos trilhos e dos dormentes ainda bem nítidos em meio ao pó e à terra acumulada. Havia prédios menores com aspecto de garagens cobertas por folhas de zinco e que pareciam ser apêndices do bloco maior. Guindastes também compunham o cenário. Grandiosos animais mecânicos com os esqueletos maltratados pela ferrugem e pela solidão.

Finalmente, desligou o motor.

— É aqui — pronunciou, ainda observando tudo a sua volta.

Ao ouvir a voz do policial, o menino se sentiu aliviado. Ela não veio carregada de raiva ou mau humor, apenas um tom neutro profissional de quem tem seu trabalho a fazer e estuda a melhor maneira de realizá-lo. Isso o encorajou a falar.

— O assassino está aqui?

— É só um palpite — e fez **tsk-tsk-tsk** com o canto da boca, num estalo da língua nos dentes. Estava pensando sobre as chances envolvidas. — Só um palpite...

Desde sua chegada a Mortópolis, Roneldick se descobriu grande apreciador dos detalhes.

— Mas por que...? Como sabe que ele...?

— Tenho alguma experiência no Departamento de Capturas. Os caras que se mandam ao chegar fazem geralmente as mesmas coisas. Fogem do necrotério, invadem residências em busca de comida, dinheiro, roupas e armas. Depois procuram um lugar seguro para se esconder até terem total certeza de onde estão e de como podem se movimentar no mundo novo.

— Aham... E como vocês sabem a quem procurar? Quer dizer, se ele está disfarçado, como eu — e pegou na lapela de seu paletó.

O tenente enfiou a mão no bolso interno e de lá puxou uma folha de papel dobrada duas vezes. Roneldick abriu-a e deu com a cópia da foto de um rosto moreno de testa saliente, nariz grande, bochechas murchas e olhos redondos e frios. A reprodução não era muito clara, alguns borrões cinzentos quase chegavam a distorcer a imagem. O nome estava ali embaixo: Jeferson Nobre.

— Quando vocês chegam, um processo com informações básicas é gerado — riu de leve. — Elas não são cem por cento confiáveis, por isso o interrogatório. E eu não vou mentir para você, garoto. De tempos em tempos, a papelada toda se confunde e, bem, tudo pode sair de controle.

— Sei...

— E tem mais. Às vezes chega muita gente, congestiona o necrotério, alguns são encontrados perambulando pela rua. Por sorte, a maioria, como você, chega quase sem memória, sonolenta, são mais dóceis de lidar.

— Aquele magrelo, lá no Distrito...

Referia-se ao homem magro que o fizera de refém ao tentar uma fuga espetacular do prédio do Departamento de Capturas do 10º Distrito.

— É, ele não era do tipo dócil.

Coçou o canto do bigode com a unha do polegar.

— Um cara perambulando sozinho por um terreno desses? Acho que é o nosso homem. E a siderúrgica é o cafofo perfeito para ele se esconder. Mas, claro, pode ser um bêbado, um esquisito, qualquer coisa. Ainda assim, gosto de ouvir minha intuição.

— Olhou o relógio de pulso, balançou a cabeça contrariado.

— Em plena luz da penumbra, não é a melhor ideia... — suspirou. — O ideal seria esperar a noite, mas quem tem tempo? — Pigarreou. — Muito bem, eis o que vamos fazer, garoto. Quero que fique aqui enquanto entro na siderúrgica para checar.

— Você vai sozinho?

O tenente sorriu.

— Nunca estou sozinho, garoto. Smith e Wesson estão sempre comigo — e piscou-lhe o olho.

— Mas...

— Nada de "mas". Escute. No caso de uma emergência, use o rádio. Basta tirá-lo do gancho, pressionar esse botão aqui em cima e dizer: "Alô, central; alô, central. Unidade 53 chamando. Mandem reforços até o Distrito Industrial. Código um. A encrenca é na siderúrgica abandonada". Entendeu?

Não havia ficado bem claro. Ao perceber a confusão, o policial procurou resumir:

— Ora, apenas peça para enviarem reforços até aqui, está bem? — levou a mão à maçaneta da porta.

— Espere — o menino pediu. Ficar sozinho ali sem fazer nada não lhe pareceu muito útil. — Eu...

— Escute, garoto, não me obrigue a algemá-lo ao volante, está bem?

— Mas eu quero ajudar — protestou.

Abriu a porta e saltou do carro. Inclinou o corpo e encarou o menino.

— Você nem mesmo deveria estar aqui. Agora seja bonzinho e fique de olho. Por favor, me dê cobertura.

O pedido em tom de súplica apanhou o coração de Roneldick. Enterneceu-se pelo homem de bigode. Era um tipo durão, porém, à medida que ia conversando e convivendo com ele, começava a enxergar virtudes e entender algumas de suas atitudes. Talvez ele tivesse razão, não deveria estar ali. Porque agora, vendo-o do lado de fora do carro pronto a se arriscar no cumprimento de seu dever, deu-se conta do quão sério e perigoso podia ser a tentativa de captura do fugitivo. Rosaura dissera que o tal Jeferson Nobre estava em poder de arma de fogo.

— Estamos combinados, garoto?

Roneldick assentiu e o viu se aproximar e pular o portão metálico de acesso ao pátio da siderúrgica. "Boa sorte, tenente", desejou-lhe, em pensamento.

Ao aterrissar no solo sem pavimento, o peso do tenente Duran y Toledo elevou uma pequena nuvem de poeira e o fez sentir dor nos joelhos. "Estou ficando velho demais para este serviço", pensou. Abriu o botão que prendia o paletó, pois não queria que nada dificultasse seu saque, caso fosse preciso. Até chegar ao complexo precisava caminhar uns cem metros, o que lhe provocou certa angústia. Não havia o menor ramo de vegetação onde se esconder se o fugitivo estivesse lá e resolvesse recebê-lo de maneira não muito amistosa, ou seja, a tiros.

No primeiro dos prédios menores, encontrou porta e janelas fechadas. Decidiu não perder tempo ali. O mais provável era que Jeferson Nobre estivesse no prédio central, maior, mais espaçoso, com mais opções de esconderijos e de rotas de fuga. Usou uma fenda do enorme portão, que não fechava direito. Por ali, em outros tempos, entravam composições com minério de ferro para abastecer a siderúrgica.

Não havia luz lá dentro. O tenente riscou um palito de fósforo e foi tateando pela parede até encontrar a caixa de força. A pequena chama queimou seus dedos. Livrou-se dela e acendeu outro palito. Viu um cadeado enferrujado trancando a portinhola. Suspirou. "Se ele está por aqui, já deve ter me visto chegar. Se não viu, ao diabo, vai me ouvir." Sacou seu revólver e bateu três vezes com a coronha sobre o cadeado, até ele se render. As pancadas secas ecoaram pelo interior do prédio abandonado. Baixou a alavanca e a luz elétrica começou a espocar em diversos cantos das instalações.

Guindastes internos, esteiras transportadoras, o alto-forno com quarenta metros de altura, alguns fornos-panela, máquinas de lingotamento, braços mecânicos, reservatórios, trilhos e mais uma série de equipamentos, todos cobertos por grossa camada de pó. Na opinião do policial, o cenário era de pesadelo. O fugitivo poderia estar em qualquer lugar. A nuca do tenente se enrijeceu, prenúncio de possível encrenca. Por isso, segurou seu Smith & Wesson calibre 38 com mais força e tratou de andar com cautela pela lateral do pátio interno, junto à casa de máquinas. Não queria ser alvo ainda mais fácil.

Muitos dos fugitivos optavam por fugir do necrotério logo no primeiro momento. Outros, tão logo eram reintegrados à nova realidade. Alguns, ainda, provocavam barulho tão grande que acabavam trancafiados na cadeia até seu processo ser reexaminado. O caso de Jeferson Nobre era do pior tipo. Ele não havia fugido apenas. Já dera mostras bem claras de como pretendia seguir com sua carreira de crimes. Caso contrário tentaria — como muitos — se esconder até conseguir compreender e aceitar melhor a situação. Jeferson Nobre não. Fez questão de conseguir roupas, comida também, e tratou de furtar uma arma com o objetivo de se proteger e, claro, de facilitar sua fuga e seus futuros crimes na Cidade.

O tenente Duran y Toledo ouviu um leve ruído e, em seguida, o som seco ecoou. Um cano batendo no chão, talvez. Vinha de cima e ele correu até o pé da escada de ferro escuro.

— Como vai, Jeferson? — gritou.

Não houve resposta.

— Sei que é você, Jeferson Nobre! Sei que está aí em cima!

Silêncio.

— Que tal descer para conversarmos?

A resposta veio na forma de um tiro. A bala arrancou faíscas do corrimão a cinquenta centímetros do policial. Ele recuou e se escondeu atrás do vagonete de transporte de carvão. "Mas que droga", pensou. "Estou realmente ficando velho demais para este serviço." Estava agora diante de uma questão importante. O fugitivo podia vê-lo, estava em posição elevada e, conforme o levantamento da srta. Rosaura McCartney, portava arma de grosso calibre e tinha bastante munição. Subir atrás dele era a pior estratégia possível, seria baleado mais cedo ou mais tarde. Além disso, seu revólver possuía apenas seis balas. Jeferson tinha um poder de fogo mínimo de catorze cartuchos, se ele tivesse mesmo um pente extra. A seu favor, apenas Dick Silva. "Espero que ele tenha ouvido o tiro e chame logo os reforços", desejou.

— Seja um bom rapaz e desça já daí, Jeferson! — provocou-o.

Duas balas explodiram a pilha de carvão dentro do vagonete, lançando uma nuvem negra sobre a cabeça do policial. "O maldito sabe atirar, tem uma pontaria infernal", constatou. "Sabe direitinho onde estou me escondendo." Teve certeza de que não poderia cometer nenhum descuido. Observou as dimensões de seu esconderijo e ficou preocupado. Era pequeno. "Se ele mudar de posição, pode me acertar." Examinou as alternativas. Ajoelhou-se e se preparou como um corredor na linha de partida. Respirou fundo, aguçou sua audição. Correu até o alto-forno ali perto, uns dez metros.

Ouviu claramente os três trovões. Correu com sua máxima velocidade, porém, estranho, o novo abrigo não tinha pressa em chegar, parecia mesmo se afastar e sua visão mostrava-lhe ondulações mornas da estrutura revestida de chapas metálicas. Voou e caiu de barriga e cara no chão. Engoliu um bocado de poeira e ficou quase cego pelo pó. Sem dar importância a isso, encolheu seu corpo e se arrastou até a barreira. O coração pulsava em ritmo muito mais acelerado do que poderia imaginar.

Conseguia sentir a adrenalina sendo bombeada por todo seu corpo.

Limpou os olhos e cuspiu repetidas vezes tentando se livrar do gosto de terra. Sentou e passou a se apalpar, preocupado com a possibilidade de ter sido baleado. Já ouvira histórias de elementos em fuga que só ao pararem descobriam ser vítimas de tiros. Um tanto chocado, encontrou o furo de bala na base da gravata e outro na sola do sapato esquerdo, lascas de couro e borracha indicavam por onde bala havia passado, despedaçando o calçado. "Com mil demônios", murmurou. "Faltou pouco."

— É o melhor que consegue, Jeferson? — berrou, com raiva. — Você é péssimo! Não acertaria a água diante do oceano!

Ouviu passos curtos. "A escada", refletiu rápido. "Ele está procurando a melhor posição." Sem pensar muito em sua segurança, resolveu arriscar. Rolou para fora do esconderijo e, ainda deitado, tentou localizar seu alvo. O vulto descia as escadas. Arrumou a pontaria e atirou quatro vezes. Não era sua posição ideal de tiro, sempre obtinha resultados significativos em pé. Mas, na atual conjuntura, teria de se conformar. O outro respondeu com um tiro precipitado, raivoso, bem acima da posição do tenente. O policial rolou de volta. Queria desencorajá-lo, mandar-lhe o recado: "Não se aproxime!". Ouviu mais ruídos, em especial o da troca de pente. "Metade da munição dele já foi", congratulou-se.

— Ficando sem balas, parceiro? — provocou-o.

— Cale a boca! — foi a resposta, em voz de tenor.

"Ótimo", sorriu. Precisava dele se comunicando, tentaria enfurecê-lo para que cometesse algum engano. Respirou, ganhou fôlego. Imaginou que a Central já havia recebido o pedido de ajuda de Roneldick Silva. Era questão de tempo até o reforço chegar. Prometeu beijar o sargento Lao Chi quando efetuassem a prisão.

— O tempo está correndo, Jeferson! — voltou a gritar.
— O reforço está a caminho. É melhor largar a arma e se entregar antes que se machuque de verdade.

Ouviu ruídos estranhos, como se o fugitivo estivesse se debatendo. "Será que eu o acertei?" A possibilidade era remota, mas não de todo descartável. Ergueu-se e colou as costas na estrutura do alto-forno. Precisava olhar. De novo: ruídos de roupas, passos. Ele estaria se entregando? Deslizou o corpo mais alguns centímetros, avançou a cabeça e viu o que não queria ver.

— Chama isso de reforço? — perguntou Jeferson Nobre, com um sorriso estampado em seu rosto feioso.

Gravateava o pescoço de Roneldick Silva e mantinha a Colt calibre 45 contra a têmpora do menino.

Capítulo 11

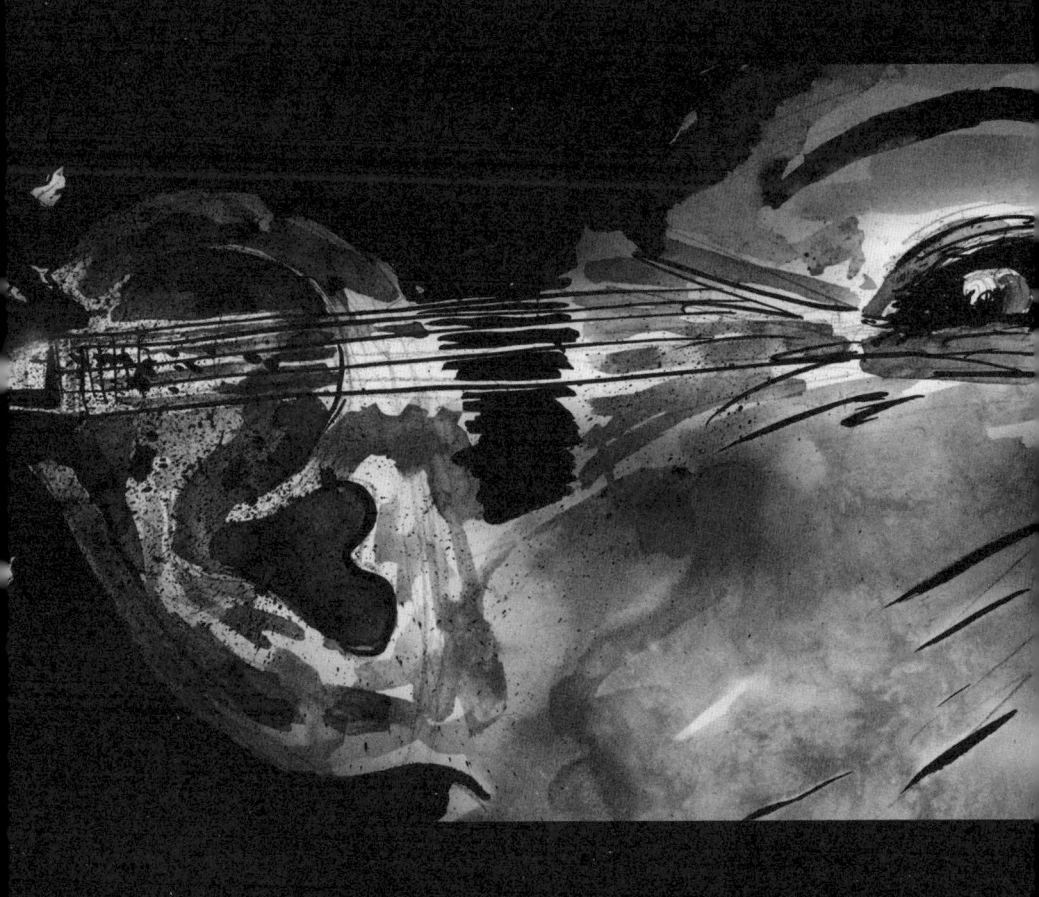

"Maldita maldição...", pensou o tenente Duran y Toledo. "Por que diabos o garoto não ficou no carro como mandei?" Fechou os olhos por um instante, tratando de dominar a exasperação. Naquele tipo de situação, detestava ser contrariado. Porém já estava feito, assim o principal agora era resolver o imprevisto. E ele também detestava situações envolvendo reféns. Expulsou o ar dos pulmões antes de sair de trás do alto-forno. Ergueu o Smith & Wesson calibre 38 e apontou no rosto feioso do fugitivo.

— Muito bem, Jeferson. Está tudo acabado. Eu sou o tenente Duran y Toledo do 10º Distrito. Você está preso. Agora largue a arma, solte o garoto e prometo tentar ser bonzinho com você.

O homem sorriu mostrando seus dentes ruins. Não aparentava nervosismo. Estava confiante. Sabia que o policial estava sozinho, vira-o entrar no pátio poeirento da siderúrgica. O menino viera logo a seguir para bisbilhotar e logo se transformou em seu bilhete de saída.

— Engano seu — falou. — Estamos apenas começando.

O policial fez rápido levantamento visual do que tinha tudo para se tornar um impasse. O fugitivo e o menino estavam parados no sexto degrau da escada, a uns vinte metros de distância. No estande de tiro da polícia, tal distância não representava dificuldade muito elevada ao tenente. Em uma sequência de seis tiros, ele perderia uma bala, no máximo. Tais pensamentos cruzavam sua mente enquanto observava tudo que lhe pudesse servir de informação: o tom da voz do fugitivo, o modo como ele segurava a arma, as reações de Roneldick diante do apuro. Tudo podia ser um indicativo de como agir e precisava de vários subsídios até decidir o que fazer. Diferente da situação do dia anterior, no Distrito. O magrelo era um falastrão, não dava mostras de saber como se comportar, estava bem mais próximo do alvo. "Droga...", pensou ao lembrar que nunca havia praticado com escudo humano obstaculizando sua pontaria.

— Preste atenção, tira — falou Jeferson Nobre. — Você vai largar a arma e levantar as mãos. Entendeu? Você!

Sua experiência no Departamento de Capturas indicava o desfecho mais óbvio: se obedecesse, seria alvejado. E, bem provável, o menino seria morto. Sabia que não poderia deixar o fugitivo sair do interior daquele prédio, precisava fazê-lo se render. Mas primeiro tinha de conhecê-lo um pouco melhor, a fim de saber como conseguir seu objetivo.

— Por favor, Jeferson, não pense que sou otário, pois não sou — foi sua vez de sorrir. — Não vá pensar que sou igual àqueles moleirões que você matou lá em cima.

A afirmação fez a boca do fugitivo se estreitar. Não precisou se esforçar demais, entendeu com clareza o significado de "lá em cima". E não era preciso ser gênio para saber quem eram aqueles "moleirões". Roneldick, por sua vez, tremia de leve, as mãos erguidas na altura da barriga. Arrependia-se por ter tentado ajudar o tenente. "Onde eu estava com a cabeça? Eu só precisava chamar reforços."

— Está lembrado? — o tenente prosseguiu. — Casa bonita, bairro residencial, os cinco otários bem despreocupados lá dentro. Consegue lembrar?

Silêncio.

— O que foi, Jeferson? O gato comeu sua língua? Vamos, tenho certeza de que se lembra. Afinal, você estava lá. Você e sua espingarda calibre doze.

Silêncio.

— Primeiro você matou o sujeito na cozinha. *Pow*. Depois, outro no corredor. **Pow**. Em seguida, aqueles dois coitados musculosos na sala. **Pow**, **pow**. E finalmente um tiro na porta do banheiro e mais um **pow** para finalizar o massacre. Você está lembrado agora?

Jeferson sacudiu o menino pelo pescoço. Seu sorriso se transformou em máscara fantasmagórica. Gotas de suor começaram a se formar em sua testa.

— Esses crimes prescreveram, seu tira linguarudo — disse, com desdém.

— Ah, não, Jeferson, você está enganado. Esse tipo de crime nunca prescreve por aqui. É por isso que vou arrastar sua carcaça direto às profundezas do xadrez.

A risada do fugitivo ecoou.

— É assim que chamam a cadeia por aqui? Xadrez? Engraçado. Aliás, estou aprendendo muitas coisas.

— Fugir de um necrotério é uma delas, certo?

Jeferson empurrou o menino e desceram um degrau. Tomou o cuidado de mantê-lo bem na linha de tiro do policial. Preferia que ele fosse um escudo mais alto e não tão magro. De qualquer maneira, tinha certeza de que o policial não ousaria atirar. Começava a desconfiar de toda aquela conversa. Teria o propósito de distraí-lo?

— Aquilo foi fácil — contou. — Não havia guardas nem câmeras de vigilância por lá. Acho que o legista de plantão saiu para tomar café ou fumar, quem sabe? Só precisei vestir o primeiro avental que encontrei, apanhar minha ficha e sair na maior calma pela porta dos fundos.

— É verdade — o policial precisou admitir. — Às vezes as coisas são bem bagunçadas no 10º Distrito. Mas estou aqui para limpar a sujeira. É meu trabalho, Jeferson, e vou fazê-lo.

— A única sujeira que você vai limpar são os miolos desse garoto, se não baixar sua arma agora mesmo.

Os dois se encararam por um breve e angustiante momento. Nenhum dos dois piscou. Roneldick, entre eles, começou a se preocupar de verdade. Principalmente quando se lembrou do encrenqueiro algemado ao banco no Departamento de Capturas. Ser feito de refém estava se tornando uma rotina bem desagradável em seus primeiros dias em Mortópolis.

— Vamos, Jeferson, renda-se. Você sabe que não tem nenhuma chance. É melhor me escutar.

— Falou o tira coberto de poeira e, pelo que vejo, com a gravata furada a tiros — zombou o fugitivo. — Você como policial é uma piada.

Com cuidado, o homem desceu outro degrau. Imaginou que poderia acertar o policial se fosse bem rápido. Seguia acreditando que o tentente não ousaria revidar com o garoto tão próximo. Claro, também avaliou a gravidade de matar um policial. Especulou que deveria ser infração tão grave quanto no antigo mundo e iria trazer-lhe severas complicações com os tiras. Jeferson

Nobre avaliou o embaraço por dois segundos e decidiu: "Vale a pena correr o risco". Porque cadeia estava fora de cogitação.

— Saia do caminho, estou avisando.

Desceu mais um degrau.

— Não sairei. E o que você vai fazer a respeito? — o tenente mantinha sua tática. Os braços começaram a doer e o revólver já não estava mais tão estático como antes, verdadeiro pesadelo para quem precisava de um tiro preciso.

— Se você não sair da frente, eu juro, vou acabar com a raça do garoto — ameaçou, com voz firme.

— Esse garoto? — perguntou, demonstrando desinteresse. — Quem se importa com ele?

A frase gelou o sangue do menino. "Epa! Que conversa é essa?"

— Você se importa — respondeu o fugitivo, com certa indignação. — Vi quando ele saiu do carro lá fora.

— Ele é só um punguista sem eira nem beira. Eu o estava levando até o Distrito quando recebi a dica de que você estava escondido aqui.

— Mentira!

"Sim, mentira", Roneldick concluiu. Já podia dizer que conhecia um pouco da índole do policial. Ele podia não ser tão bem-humorado, mas por certo estava longe de ser o personagem insensível com o qual vendia sua imagem. Foi nesse instante que começou a pensar. O medo existia, era real, e o mantinha em alerta, mesmo assim precisava colaborar com a solução de seu caso.

— Ele não vale nada para mim, nem para a polícia, nem para a cidade. É só um pedaço de lixo — blefou o tenente.

— Não estou brincando! — apertou o cano da pistola com mais força na têmpora do jovem. — Eu falo muito sério!

— Eu também, Jeferson. Por favor, atire nele e me poupe o trabalho de preencher uma montanha de papéis.

O fugitivo não soube o que dizer. O tenente Duran y Toledo prosseguiu:

— É muito mais fácil preencher o relatório de uma morte que o de uma prisão. Por isso, vá em frente, facilite meu dia.

Jeferson Nobre desceu um novo degrau. "Tira maldito", pensou. "É duro na queda. Ele não me deixou escolha."

— Vamos em frente, Jeferson, não seja frouxo. Facilite meu dia.

Aí foi a vez de Roneldick Silva falar:

— Ei, cara, não preste atenção ao que ele diz.

— Cala a boca — o fugitivo rosnou e o empurrou para que descessem novo degrau.

— É sério — insistiu o menino. — Você ainda não percebeu que isso tudo é só uma ilusão? Já estamos mortos, essa sua arma não tem poder algum.

Recebeu um apertão ainda mais forte no pescoço. Não a ponto de cortar-lhe a respiração nem a voz.

— Sério, cara. Pensa. Você despejou uma tempestade de fogo em cima do tenente. Por que acha que ele não caiu morto? Olhe a gravata dele. Está furada. Você o acertou.

— Cale a boca — as palavras do fugitivo saíram impregnadas pela dúvida. Até porque a argumentação do refém fazia sentido.

— Sabe por que ele não caiu morto? É porque já estamos todos mortos, cara.

Ele o sacudiu, queria-o calado, tinha coisas mais importantes com que se preocupar e não estava disposto a refletir sobre essas besteiras. O 38 logo em frente chamava mais sua atenção.

— Chega! — ordenou. Seu rosto tornou-se mais rígido ao encarar o perseguidor e seu bigode antiquado. — Saia do meu caminho, seu tira imundo. Último aviso.

Em resposta, o tenente Duran y Toledo usou o polegar direito e puxou o cão do Smith & Wesson. **Clic**. Fechou o olho esquerdo e armou pontaria. O revólver balançava um pouco. Mau sinal.

— Último aviso! — berrou e empurrou o jovem ao alcançarem o piso empoeirado.

— É tudo um sonho, uma fantasia — Roneldick insistiu. — Como um pêndulo.

— É melhor ouvir o garoto — advertiu o policial.

— Chega, eu já falei — as palavras quase não saíram por entre os dentes cerrados.

— Um pêndulo, sabe? Um pêndulo que vai para a direita... — o menino moveu a cabeça na direção do lado indicado. — Mas, principalmente, para a... esquerda!

O tiro ribombou pelo interior da siderúrgica de modo sinistro.

Roneldick Silva caiu sobre os joelhos, viu o mundo perder o foco e o sentido antes de desabar com o rosto no chão.

Jeferson Nobre caiu de costas aos berros, as mãos levadas ao ouvido direito.

Herbert O'Connor Duran y Toledo foi o único a permanecer em pé.

— Avisei para me escutar, Jeferson — comentou enquanto a fumaça de pólvora se dissipava. — Agora vai ter dificuldade para ouvir todo mundo.

Guardou o revólver no coldre e apanhou as algemas. Aproximou-se do fugitivo, que continuava berrando de dor enquanto se contorcia no chão.

— Ah, por favor, não faça tanto barulho — disse, zangado.

Empurrou-o sem muita delicadeza, deixando-o de barriga no chão. **Plac-plac** e o homem estava preso, as mãos às costas. Olhou a orelha atingida. A bala provocara algum estrago, saía sangue, mas nada que um bom médico não fosse capaz de costurar com meia dúzia de pontos. Levantou-o, depois resgatou o chapéu e guardou a Colt 1911 no bolso do paletó amarrotado. Só então cutucou o menino com a ponta do sapato avariado.

— Ei, garoto, acorde.

Dick abriu os olhos, viu os sapatos cobertos de pó. O som do tiro ainda ressoava em seus pavilhões auditivos. Começou a se ambientar com a realidade. Poeira, cheiro de pólvora, dois homens em pé.

— Levante-se, garoto. Você vai sobreviver.

Roneldick sentou, ainda confuso. Passou as mãos pelo rosto à procura de eventual furo de bala. Olhou para Jeferson e viu o sangue escorrendo.

— Meu Deus, tenente... — conseguiu dizer.

Saíram da siderúrgica desativada. Quem os visse diria que os três tinham caído em algum buraco ou que eram mineradores perdidos, dada a quantidade de poeira em suas roupas. Caminharam até o Ford Coupe sem trocar nenhuma palavra. Mesmo havendo muito por dizer. Jeferson Nobre gemia a intervalos enquanto tentava tocar o ferimento com o ombro.

— Parabéns, Jeferson — o tenente afinal falou. — Você ganhou uma carona.

Abriu a tampa do porta-malas na traseira ondulada do automóvel.

— Espera que eu entre aí? — queixou-se o detido.

— Não. Eu não espero, tenho certeza — e o empurrou, sob protestos e xingamentos.

Baixou a tampa com ruído. Encarou o menino e estendeu-lhe a mão.

— Bom trabalho, garoto.

— Obrigado, tenente — respondeu, no reflexo.

— Venha, vamos levar o elemento para o Centro.

Entraram no carro. À medida que saíam do Distrito Industrial, os protestos e chutes de Jeferson Nobre contra a lataria foram diminuindo, demonstrando sua conformidade com a prisão.

— O que vai acontecer com ele, tenente?

— Vai para o xadrez, um novo processo será aberto, ele irá a julgamento e eu terei de preencher uma montanha de papel. Rotina, garoto, rotina.

Roneldick esperou alguns minutos até voltar a perguntar:

— Acertou a orelha dele de propósito? Quer dizer, o senhor mirou na orelha e...

O policial sorriu com o canto da boca, coçou o bigode.

— Na verdade, não.

— Não? — o menino gritou alarmado.

O homem riu.

— Eu queria acertar o olho dele — contou com frieza.

— Mas...?

— Meus braços estavam cansados, vocês dois se mexiam demais. Mas no fim deu tudo certo. Não é, garoto?

Olhou o homem à espera de uma risada ou da frase "Tudo bem, eu estava brincando, é claro que mirei na orelha dele", no entanto o policial continuou sério, guiando devagar. "Ele poderia ter dito que o tiro pegou na orelha do cara porque tentou ao máximo desviá-la de mim", especulou. "Sim, poderia."

— Esqueça, garoto. Ele não vale a pena. É só lixo em dois mundos.

Era impossível esquecer.

— Quando eu comecei a falar aquelas coisas... ahn... o senhor...?

— Eu entendi que era a hora de atacar. Você foi muito esperto, preciso admitir.

— E louco...

— Não, louco, não. Esperto. O episódio de ontem no Distrito deu-lhe a ideia, não foi?

Assentiu.

— E a história do pêndulo foi uma ótima deixa — reproduziu o movimento com a cabeça. — Você leva jeito, garoto.

Teve medo de perguntar. Jeito para quê?

— Ah, e só para constar: os melhores detetives são aqueles que não se metem em encrencas, ouviu bem?

Ficou quieto. O significado daquela afirmação infiltrou-se de modo agudo em seus pensamentos, contudo, preferiu manter a boca fechada. Pôs-se a desfrutar o passeio, observar a cidade. Tinha gosto de poeira na boca e um eco incômodo persistia nos ouvidos. Precisava urgente de um banho e de roupas limpas. Necessitava, claro, de respostas, muitas respostas. Mas, como estava morto, teria um longo tempo para responder a todas elas. Ou ali se envelhecia também?

A penumbra começou a ceder. Logo outra noite avançaria sobre Mortópolis. E Roneldick Silva se lembrou da garota de olhos azuis. Ela ainda tinha uma lenda para lhe contar.

A chuva das 17h29 começou.

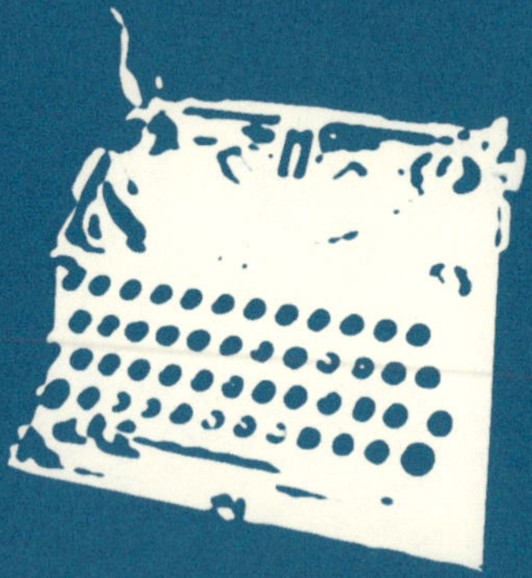

Luís Dill por Luís Dill

Devo confessar: Dick Silva me acompanha desde a infância. Verdade. É que eu cresci assistindo a filmes e seriados policiais na TV e sempre imaginei colocar uma personagem de minha autoria dentro daquele universo. Já a referência feita no livro aos anos 1920, 1930 e 1940 se deve à minha paixão pela época e também pela literatura policial produzida no período. Sou fã do gênero, especialmente de autores nascidos nos Estados Unidos. Escritores como Dashiell Hammett, Raymond Chandler e James M. Cain me fascinam desde a adolescência. Ainda hoje suas descrições, diálogos e tramas me encantam e me inspiram.

Foi só no começo dos anos 1990 que descobri como encaixar o Dick Silva no ambiente apropriado: o mais fácil seria usar uma máquina do tempo, por exemplo, contudo, o artifício me pareceu sem graça, por isso fiz a opção de explorar as boas possibilidades de um Distrito Policial. Mas Dick precisou esperar, uma série de outros projetos literários impediu que o enredo tomasse corpo (hoje tenho mais de cinquenta livros publicados), por isso só há alguns anos consegui colocar Dick Silva e sua Mortópolis no papel. Espero que você goste!

Sobre mim, adianto que sou do sul, de Porto Alegre, já ganhei prêmios literários, continuo um leitor compulsivo e não penso em me aposentar. Se quiser me conhecer um pouco mais, é só acessar www.luisdill.com.br

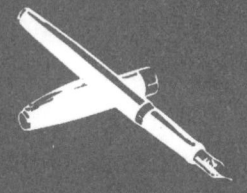

Márcio Koprowski | Design e ilustrações

Paulistano de 1970, bacharel em artes plásticas, sou ilustrador e designer freelancer. Em Londres, trabalhei na agência Mot Juste – na qual ainda sou colaborador. Em São Paulo, atuei como designer, diretor de arte e de criação para empresas, instituições, editoras, agências e produtoras, produzindo filmes, animações, mídias impressas e interativas. Fui professor de educação artística em escolas públicas por cinco anos, lecionei em algumas faculdades e, por três anos, fui consultor contratado de Design Interativo na Escola do Futuro da USP. Hoje trabalho com design e ilustração de livros, vários deles merecedores de prêmios. Ah, e pela Pulo do Gato, sou coautor (ilustrações) da HQ *Um esqueleto*, do Machado de Assis.

© Editora Pulo do Gato, 2016

© **do texto** Luís Dill, 2016

© **das ilustrações** Márcio Koprowski, 2016

Coordenação Pulo do Gato **Márcia Leite** e **Leonardo Chianca**
Arte e produção gráfica **Márcio Koprowski**
Revisão **Claudia Maietta** e **Carla Mello Moreira**
Impressão **Arvato Bertelsmann**

Dados Internacionais de Catalogação na Publicação (CIP)
(Câmara Brasileira do Livro, SP, Brasil)

Dill, Luís
  Dick Silva no mundo intermediário / Luís Dill;
ilustrações de Márcio Koprowski. –
São Paulo: Editora Pulo do Gato, 2016.
    ISBN 978-85-64974-85-2
    1. Literatura infantojuvenil I. Koprowski,
Márcio. II. Título.

13-12591   CDD-028.5

  Índices para catálogo sistemático:
  1. Literatura infantil   028.5
  2. Literatura infantojuvenil   028.5

A edição deste livro respeitou o novo Acordo Ortográfico da Língua Portuguesa.

1ª edição • 1ª impressão • agosto • 2016
Todos os direitos desta edição reservados à Editora Pulo do Gato.

pulo do gato

Rua General Jardim, 482, conj. 22 • CEP 01223-010 • São Paulo, SP, Brasil
Tel.: (55 11) 3214 0228 • www.editorapulodogato.com.br

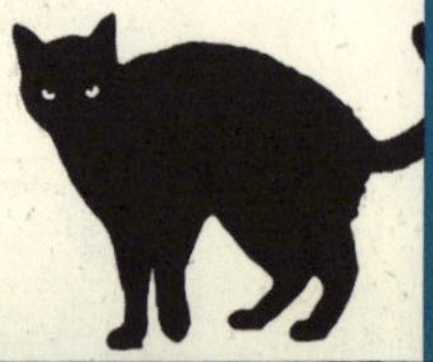